魔術師は野獣な貴公子に溺れる

小中大豆

幻冬舎ルチル文庫

CONTENTS ✦目次✦

魔術師は野獣な貴公子に溺れる

✦イラスト・榊 空也

✦カバーデザイン＝久保宏夏（omochi design）
✦ブックデザイン＝まるか工房

魔術師は野獣な貴公子に溺れる

魔術師のネロ・ビアンキは、街の郊外に住んでいる。

周りに何もない、辺鄙《へんぴ》な場所だ。あるのは街道と草っぱらと原生林だけ。畑すらない。唯一《ゆいいつ》あるのが隣のキノコ農家だが、そのお隣さんちまで歩いて三十分かかる。街までは馬車を使っても往復で二時間以上、徒歩だと半日がかりだ。駅馬車も通らないので、買い物に行くのも一苦労である。

それでもネロは、この辺鄙な郊外の暮らしが気に入っていた。

煉瓦《れんが》造りの二階建ての家はちょっと古いけど、収納は多いし造りもしっかりしている。周りに誰も住んでいないから、騒音でイライラすることもない。昼でも夜でも、じっくり仕事や趣味に没頭できた。

夜通し起きていても、昼間に鎧戸を閉めっぱなしにしても、ご近所に「引きこもり」と噂《うわさ》されることもない。

自慢じゃないが、恋人なんて二十八になるこの年まで一度もいたことがないし、友達もほとんどいないに等しい。よって、街に遊びに行くことも滅多にない。

たとえ不便な場所でも、何ら生活に支障はないのである。

あとは猫でもいたら、言うことはない。猫が飼いたいと、二日に一度くらいは考えている。

「猫飼おうかな～」

その日も起きてすぐ、ベッドの上でつぶやいた。猫をモフモフする夢を見たからだ。

「やっぱり癒しのモフモフと言ったら猫だよな。兎《うさぎ》とか小鳥もいいけどさ」

一人暮らしが長いので、独り言が増える。ブツブツ言いながら寝室を出て、階段を下りた。階段下の小窓からは、さんさんと陽の光が降り注いでいる。もう昼だ。

「モッフモッフ、猫モッフ～」

自作の歌を歌いながら、顔を洗って手櫛《てぐし》で髪を適当に梳《と》かし、ガウンのポケットに入れておいた紐《ひも》で、半端に伸びた髪を縛った。

洗面所には鏡も付いているけれど、滅多に見ない。

身なりを気にする必要もないし、どうせ鏡を覗《のぞ》いたところで、鼻の頭にそばかすの浮いた、顔色の悪い冴《さ》えない男がいるだけだ。

もっさりして雨になると膨らむ黒髪に、覇気のない黒い瞳。背も低いし、身体《からだ》つきもひょろっとして頼りない。モテとは無縁の人生だ。

学生で街に住んでいた頃は、周りにキラキラした人たちがいっぱいいて、冴えない自分に劣等感を抱いていた。でも今は大人になったせいか、昔より自分が嫌いではない。

好きな魔術で生計を立てることができて、趣味が仕事になっている。田舎《いなか》の両親は恋人もいない息子を心配しているようだけど、ネロ自身はそれなりに充実した日々を送っているという自負があった。

「猫々モッフ～、そろそろ買い物に行かないと」

台所へ行き、食料棚がスカスカなのに気づいて、また独りごちた。それから棚の真ん中にあるシュガーボンボンのガラス瓶を取り、蓋《ふた》を開ける。色とりどりある中身を見ないように目をつぶり、一粒だけ取って口に入れた。

外側を少し舐《な》めた後、シャリッと砂糖の殻を噛《か》む。口の中に、ふわっと薔薇《ばら》の香りが広がった。ローズシロップ。大当たりだ。

「今日はいいことあるかもな」

ふふっ、と軽快に鼻を鳴らした。朝起きて、シュガーボンボンで一日の運勢を占うのがネロの日課だ。

ピンクのローズシロップは大当たり。黄色のレモンリキュールは中当たりで、白のミントシロップは小当たりだ。緑の薬用酒ははずれ。

何の変哲もない日常に、当たりもはずれもないのだけど、引きこもり魔術師なりの、ちょっとした楽しみだ。

「さて、買い物だ。面倒臭いけど。買うもの書き出して……あ、昨日うまく作動しなかった魔術回路、あれ、あそこの処理方法が間違ってたんじゃないかな……」

買い物に行こうと言っているそばから、今取り掛かっている魔術の処理を思い出した。ネロの意識はたちまち、魔術の世界に入り込んでしまう。足は勝手に仕事部屋へ移動し、それきり買い物のことは忘れた。

ネロは北部の農村の出身だ。そこそこ大きな酪農家の次男坊だったが、子供の頃から魔術が大好きだった。

日常には魔術が溢《あふ》れている。生活に必要なあれもこれも、大道芸人の手妻《てづま》も、かつて戦争で使われていた武器だって、魔術によるものだ。

人の生活に欠かせない魔術の仕組みを自分なりに考えるのが、ネロは好きだった。

学校に上がっても、同じ年ごろの子とは遊ばずに、魔術のことばかり考えている子供だった。幸い、成績は悪くなかったし、特に魔術の成績は飛び抜けていたから、教師に目を付けられることもなかった。

中学校までは、誰でも入れる地元の普通学校に通い、高校からは中学教師の勧めもあり、首都の名門私立高校に進学した。

その高校は魔術学の科目が充実していて、おまけに魔術系学部の最難関、王立魔術大学への進学率が全国一位だったからだ。

都会の名門高校だけあって生徒たちは皆、キラキラしてお洒落《しゃれ》で馴染《なじ》めなかった。家族と離れ、一人だけの寮生活も寂しかったけれど、最後には親友と呼べる友達もできて、高校の三年間はそう悪いことばかりでもなかった。

高校卒業後は王立魔術大学へ進学し、高度な魔術を学んだ後、半官半民の大手魔術機関に就職した。

最先端の魔法技術を研究し実用化するその機関は、魔術師を志す者にとって理想の職場だったけれど、いかんせん人間関係がややこしすぎた。

ネロは魔術師としては一流だけど、人間関係が不得手だ。

上司や先輩と衝突し、大手機関がほとほと嫌になって、独立した。

今は個人事業主として、中小の魔術案件から魔術に関わる個人的な依頼まで、ネロの裁量で引き受けている。

個人の請負は、決して実入りのいい仕事とは言えなかったが、ネロの肌には合っていた。

誰からの指図も受けず、誰にも命令する必要もなく、自分のペースで仕事ができる。空いた時間に個人的な魔術の研究もできた。

個人で開発した魔術特許がいくつかあり、それらの特許料も入ってくるので、生活の心配はない。

悠々自適。これでやっぱり猫でもいれば、言うことがない。

「あ、買い物」

思考が一巡して、ハッとした。起きてすぐ買い物に行こうと思っていたのに、魔術のことを考えていたらいつの間にか時間が経《た》っていた。窓の外は日が沈みかけている。

今から出かけたのでは、街に着く頃には店が閉まっているだろう。

「また明日にするか」

カチカチに硬くなったパンと、隣の農家から分けてもらったキノコ、それに三日に一度配達される牛乳がまだちょびっと残っている。

ぜんぶ煮込んでスープにしようかと考えていた時、遠くからパカパカと馬の蹄《ひづめ》の音が聞こえてきた。ネロははっとして耳を澄ます。

ついでに、馬車の車輪がガタガタ回る音もした。こんな中途半端な時間、この辺りを通る馬車は滅多にない。

もしかして、と思い、ネロは急いで洗面所に行き、鏡を覗いた。ボサボサの髪をどうにか手櫛で整える。顔も洗ったが、あまり変わらなかった。

寝間着のままなのに気づいて着替えようかと一瞬考え、けれどそれを実行に移す前に、馬車は家の前に停《と》まった。

ネロはまた急いで、暖炉《だんろ》のある部屋へ行く。食堂と居室を兼ねたその部屋の窓から、家の前の通りがよく見えた。

馬車が一台、門の前に停まっている。

流しの乗り合い馬車でも、駅馬車でもない、車輪と客席の間にバネの付いた、乗り心地の良さそうな金ぴかの馬車、貴族とか金持ちの商人が乗る高いやつだ。

その馬車から、男性客が一人降りて来る。続いて御者《ぎょしゃ》が荷台に積んであった上等な旅行鞄《かばん》と、それとはちぐはぐな麻の荷袋とを下ろし、ネロの家の前に置いた。

「帰りは『伝書鳩《でんしょばと》』で呼ぶ」

男は御者に言い、御者は伝書鳩を男に渡した。

ペラペラの紙でできた伝書鳩は、魔術通信具だ。遠くの相手に一瞬で通信ができて便利だが、一枚につき一回しか使えないわりに単価が高いので、庶民がそのように無造作に使うことはない。

「まいど」

馬車はその場で引き返し、街の方向へ戻っていく。馬車から降りた客が荷物を提げてこちらに向かってきたので、ネロは素知らぬふりで暖炉の前に立った。火の気《け》のない灰を、さも何か作業をしているかのように、火かき棒でかき回した。

「ネロ、入るよ」

よく通る若い男の声がして、ドアが勝手に開いた。夕陽を背に負って、男の顔は逆光でよく見えなかったけれど、金色の髪が日没の太陽に照らされて輝いている。

この男はいつでもどこでも、輝いている、とネロは思う。その存在そのものが、太陽のようだ。

「……ああ。ミケーレ、君か」

ネロはまるでたった今、初めて気がついたというふうに、興味のなさそうな声を出した。

内心ではドキドキしている。三週間ぶり、いや、一か月ぶりだろうか、彼に会うのは。

男は勝手知ったる顔で、旅行鞄と荷袋を家の中に運び込むと、外套《がいとう》を脱いで戸口の外套掛けに掛けた。

外套の下は気取りのない、しかし上質な普段着だった。

この男は頭のてっぺんからつま先まで金がかかっているが、金をかけて磨き上げるにふさわしい容貌《ようぼう》をしている。

太陽のように輝く金色の髪に、瞳は深く魅惑的な緑灰色だ。近頃ますます男らしく、精悍《せいかん》になった顔立ちは、何もかも美しく精緻《せいち》に整っている。

まるで作り物のように完璧《かんぺき》すぎる造作だが、それでいて冷たく見えない。彼の明るく穏やかな内面が表情に現れているからだろう。

今もネロの素っ気ない態度に気を悪くした様子もなく、かわりに申し訳なさそうな、はにかんだ微笑《ほほえ》みを浮かべた。

「そう、僕だ。悪いんだが、またちょっと泊めてくれないかな」

言われなくても、わかっていた。ミケーレがこの家に来る時は大抵、一泊か二泊はしていくのだ。辺鄙な場所にわざわざやってくる理由も、いつも大体同じだ。

そのことを考えると胸がモヤモヤしそうなので、急いで頭から追い出した。せっかくミケーレがうちに来たのだ。二人の時間を堪能《たんのう》しなければ。

しかし、表向きはやっぱり素っ気なく「どうぞ」と言い、肩をすくめてみせた。

「いつも通り、二階の部屋を自由に使っていい。ただし、ベッドの上に本がのってたり、布団がカビ臭くても構わなければね」

言ってはみたけれど、ネロの寝室の隣の部屋は、ミケーレがいつ泊まりに来てもいいように定期的に掃除していた。布団もカビ臭くならないように干している。

ずぼらで、日常の買い物すら忘れるネロだったが、ミケーレの部屋を整えるのだけは忘れなかった。いつも布団をふかふかにして、でもそのことは知られたくないので、誤魔化《ごまか》すためにわざわざベッドに本をのせている。

ミケーレは、この根暗《ねくら》な友人がそんなしちめんどくさい小細工をしているとは、想像もしていないだろう。

申し訳なさそうに微笑み「悪いね、ありがとう」と礼を言う。そんな困ったような笑顔も素敵だ。

「あ、食べ物」

ネロはそこで思い出した。買い物に行こうとして、行けなかったのだった。

「今日、買い物を忘れたんだ。古い牛乳とパンがちょびっと、あとは干しキノコとキノコの塩漬けしかない」

せっかくミケーレが来てくれたのに。ネロはうろたえたが、ミケーレは「だと思った」と破顔した。

「君んちは、いつもキノコしかないからね。ここに来るからには、買い出しをしておかなくてはと思ったんだよ」

彼はいたずらっぽい声で言い、戸口に置いた麻袋を引っ張ってきて、食堂のテーブルの上に置いた。中から新鮮な野菜や果物、燻製《くんせい》肉の塊、魚卵の塩漬け、チーズなどが次々に出てきた。重そうな旅行鞄を開けると、中には衣服がちょっとしかなくて、かわりに酒瓶がぎっしり詰まっていた。

「わあ」

ネロは思わず歓喜の声を上げた。ネロが滅多に口にしないような、高級食材もある。今夜は残り物でしょぼい夕食を摂るつもりだったから、余計に嬉《うれ》しい。

ぐぐっとお腹《なか》が鳴る。そういえば、今日はまだ何も食べていなかった。

ミケーレは友人の素直な反応に笑い、最後に麻袋の底から小さなガラス瓶を取り出した。

「これは君へのプレゼント」

「あっ、これ！」

シュガーボンボンが詰まったガラス瓶だった。ネロは思わず飛びついた。

「俺の好きなマッジョリーナ菓子店のボンボン……しかも、期間限定の菫《すみれ》シロップが入ってる！」

紫色の粒は、春の短い期間にだけ販売される菫シロップだ。人気があって、朝から並ばないと買えない。

「これ、手に入れるの大変だったんじゃない？」

ミケーレが並んだのだろうか。ネロのために？　なんて妄想が駆け抜けたのだが、もちろん違った。

「いや、別に。こないだ行ったパーティーの引き出物」

ネロの好物だから、会った時に渡そうと思って取っておいたのだそうだ。それはそれで嬉しいけど。

「……くっ、高等遊民め」

「いや、いちおう働いてるからね」

でも、だいたいいつも遊んでいる。金持ちは暇なのだ。だからこそこんなに優雅で、誰に対しても穏やかでいられるのだろうが。

「あー、やっぱりここは、静かで落ち着くなあ」

ミケーレは言って、うーんと何かから解放されたように手を伸ばした。

古屋でも、部屋が埃《ほこり》っぽくて掃除が行き届いてなくても、魔術の本しかなくたって、彼はネロを馬鹿にしたり、顔をしかめたりしない。ミケーレはいい奴だ。

でも、どんな人間にも欠点はある。

「ここに来るまで、ちょっと大変だったんだ。貴族のご夫人と不倫してたんだけど、その旦《だん》那《な》がうちまで押しかけてきてさ。間が悪いことにちょうどその時、僕はそのご夫人とベッドにいたんだよね」

「修羅場だな」

「うん。ご夫人は泣き出すし、旦那は旦那で、『私とこの女、どっちを取るんだ』って迫ってくるし。どうにもならないから、逃げてきちゃった」

「きちゃった、じゃねーよ」

旦那にも手を出してたのか。呆《あき》れたが、もうこんなことでは驚かない。

彼はいつもこうだ。色恋の厄介ごとに巻き込まれては、ネロの家に避難してくる。そうして、ほとぼりが冷めるのを待つのだ。

――ネロの気持ちなど、知りもしないで。

ミケーレはいい奴でいい男で、ネロの唯一の親友だ。でも、欠点もある。

金持ちで、輝く美貌《びぼう》と知性を持ち、穏やかで誰に対しても公正な態度を取るこの魅力的な男は、男も女も既婚者も独り身も関係なく、来る者を拒まない。下半身ゆるゆるのとんでもない博愛主義者なのだった。

ミケーレ・アレグリは、由緒あるアレグリ伯爵《はくしゃく》家の三男である。長男が伯爵家を継ぎ、次男も子爵《ししゃく》の叙爵《じょしゃく》を受けたが、ミケーレ自身は貴族の身分が煩《わずら》わしいと、成人後も爵位を受けていない。

大学卒業後、父から事業の一部を譲り受け、今は街の一等地に事業所を構える商会主だ。ただ、そちらの事業はほとんど人任せで、当人は人脈作りと称して貴族や金持ちの商人との社交に精を出している。

ネロは高等遊民と揶揄《やゆ》したけれど、実際、ミケーレは母方の家から受け継いだ財産と、商会の配当金だけで一生遊んで暮らせる。

家柄も良く金はうなるほどあり、首都の名門大学を卒業していて知性も申し分なく、本人はあの通りの美貌だ。

何もかも持っているのに、二十八歳の今も独身なのは、彼が社交界でさんざん浮名を流しているからだろう。

紳士的な態度で、性欲などありません、というような清廉そうな顔をしているくせに、とんでもなく手が早いし、男も女も見境なく食う。

学生の頃からそうだった。ネロは、ミケーレの高校時代からの友人である。

「でも後ろは処女だって君は自慢してたな。今もそうなのか。そっちは使わないのか。どうなんだ」

「いや、自慢はしてないと思うけど。今もそうだね」

酔って絡《から》み始めたネロのコップに、レモン水を注いでやりながらミケーレは応じた。とはいえ、ミケーレもじゅうぶんに酔っている。

「そっちは、どうしても受け付けないいんだよね。人は僕を博愛主義者と言うけど、そうじゃないんだ。本当の博愛主義者なら、どちらも使ってしかるべきだろう」

わけのわからない持論を述べ始めた。

いつものように、色恋の厄介ごとから逃げてきたミケーレは、旅行鞄を二階に運んで自分の部屋を整えた後、一階の暖炉の部屋で差し入れの食料と酒をネロに振る舞った。

ミケーレとの酒盛りは楽しい。二人で高校時代の思い出話に花を咲かせたり、馬鹿なことを言って大笑いしたりする。

こんなに性格が正反対で、生まれも育ちも違うのに、彼とは不思議と馬が合った。高校で出会い、大学は違ったけれど、今も付き合いが続いている。

「……それでその依頼主、目元の皺《しわ》のことを言ったら怒っちゃってさ。せっかく皺を消す魔術を紹介したのに」

「それはネロが悪いよ。男性だって皺を気にする人はいるんだから。上流階級は特に容姿を気にしてるよ」

昔のこと、最近のこと。話は尽きない。

日が暮れる前から呑《の》んでいて、そろそろ頭の芯もぼんやりしてきたのに、まだまだこの時間が続けばいいと思う。

「けど、ネロは変わらないよね。不摂生なくせに肌が綺麗だ」

酔っているのだろう、いきなり人差し指で、ツン、と頬を突《つつ》かれた。ネロは真っ赤になったが、もともと酒で赤かったから、誤魔化せたと思う。

よせよ、と、ミケーレの長くて綺麗な指を払う。

「そういうのは女に言ってやれ」

「女性にも言ってる」

「あっ、そう。……肌が綺麗なのは、君の方だろ」

「僕だって肌の手入れくらいはしてるよ。けど、ネロはそんなことしないだろう。ものぐさだから。せいぜい、起きて顔を洗うくらいじゃないか?」

その通りだ。「俺はいいんだよ」と不貞腐《ふてくさ》れると、ミケーレは楽しそうに笑った。

「ああ、君と呑むのは楽しいなあ。ここに来るとのびのびできる。話題を選ばなくていいし、気取ってカッコつけなくてもいい」

「普段、どれだけ見栄を張ってるんだ」

呆れたように言ってみたが、ミケーレの窮屈さはなんとなく、想像できた。

ネロも、仕事でたまに貴族などの富裕層と関わるが、彼らには面子《メンツ》だとか、上流階級の決まり事だとか、うんざりするほどたくさんのしがらみがある。

ミケーレは貴族の三男坊で爵位もないけれど、人付き合いが多い分、面倒も増えるだろう。

ただ、金持ちゆえのしがらみはともかく、彼の厄介ごとの過半数は、下半身のせいだ。

「これも何度も言ったかもしれないが、君は身を固める気はないのか？」

美貌の友人もそろそろ、緑灰色の目がとろりとしてきた。酒に弱いわけではないが、何時間も呑み続けてさすがに酔いが回っているのだろう。

そうしてネロも、相手が酔っているからこそ、普段は深く突っ込まない部分に話を向けるのだった。

「それだけたくさん相手がいるんだ。中には見栄を張らなくてもいい、気安い人がいるんじゃないか」

自分で言って、胸がずきりと痛んだ。ネロはミケーレに身を固めてほしいわけじゃない。

むしろこのままずっと独身でいてほしい。こうやってたまにでいいから、一緒に過ごしたい。

でも、友人としてそんなことを言うわけにはいかない。

それに何より、他ならぬミケーレ自身が現状を倦《う》んでいるように見えたのだ。

「そんな人、見つかるはずないよ」

不貞腐れたような子供っぽい声で、ミケーレは言った。

「僕に寄ってくる相手はみんな、行儀のいい人形みたいな僕が好きなんだ。朝、ヒゲが伸びかけてるのを見ただけで、顔をしかめてくるんだぜ。男なんだからヒゲが伸びるのは当たり前だろ？　いつも顔がつるっとしてるのは、毎日きちんと身だしなみを整えてるからだ。なのに夢から覚めたみたいな顔をされる。あなたでもヒゲが伸びるのね、だって！」

「完璧な美形も大変だな」

ネロはあまりヒゲが伸びない。いつも二、三日ほったらかしなので、ミケーレの苦労はわからないが、うんうん、とうなずいておいた。

「そう、完璧。みんな僕を生身の人間だと思っていないんだ。だから、いびきをかいても幻滅される。寝てる間くらい自由にさせてくれ！　恋人と寝ている時はおちおち、熟睡もできやしない。さもなきゃ財産目当て。あれを買えこれを買え、いつあなたの奥さんにしてくれるの、ってギラギラした目で迫られる」

ミケーレの愚痴《ぐち》は勢いがつき、とめどなく流れてくる。

そろそろ寝落ちする頃かな、とネロはあたりをつけ、テーブルにだらしなく肘をつく友人を突いた。

「そろそろ上に行こう。俺じゃ、君を二階まで運べないからな。ほら、レモン水飲んで」

ネロが空のコップにレモン水を注いでやると、ミケーレは素直にそれを飲み干した。緑灰色の瞳に、ほんの少しだけ光が戻る。

「……うう。ごめん、ネロ。君にはいつもみっともないところばかり見せる」

しゅんと肩を落として言うから、ネロは笑ってミケーレの頭を軽く叩いた。

「今さらだな。何年君の友達をやってると思ってるんだ。お互いのみっともないところなんて、さんざん見てるだろ」

それに、みっともないミケーレは可愛い。上等な衣服に身を包み、わずかな隙もない紳士然としている彼も、美しく完璧で素晴らしいが、こうやってシャツを着崩し、赤ら顔で管《くだ》を巻いているミケーレは子供っぽくて愛《いと》しかった。

きっとこの世にはネロと同じように、ミケーレのダメな部分を愛しく思う女性もいるだろう。でもそれは、口にしない。

ネロがわざわざ言わなくても、いつかミケーレの隠れた魅力は気づかれてしまうだろうし、貴族の息子で資産家の彼は、なんだかんだ言ってもそのうち誰かと結婚する。

この愛らしい酔っ払いの顔をネロだけが拝めるのも、今の間だけだ。

「さあ立て、酔っ払い。ぐずぐずしてると魔術でブタに変えちまうぞ」

ほらほら、と乱暴に揺すると、ミケーレは笑いながら立ち上がった。ちょっとよろよろしている。

ネロは彼の脇の下に入り込み、友人を支えてやった。ほんのりミケーレの香水が鼻をかすめる。これも友人の特権だ。

「ブタより猫がいいなあ。猫になって君に飼われるんだ。それで一日中ゴロゴロする」

「ゴロゴロするんじゃ、今と大して変わらないな」

憎まれ口を叩きながら、ネロは猫になったミケーレと暮らすところを想像し、うっとりした。猫になったミケーレもきっと綺麗だろう。

二人で肩を組み、どちらもおぼつかない足取りで狭い階段を上る。

「そっちじゃない。君の部屋はこっちだ」

ミケーレがネロの寝室へ行こうとするのを制し、隣の部屋の扉を開ける。窓際のベッドにミケーレを寝かせた。

本が溢れる本棚と、ベッドだけの部屋だ。本当は書庫にしようと思っていたのだけど、ここに引っ越してからミケーレが頻繁に泊まりにくるようになったので、いつでも泊まれるようにと無理やりベッドを置いた。

「ほら、毛布をかけな。まだ寒いんだから」

「お母さん」

「誰がお母さんだ」

ぺしっと肩を叩くと、クスクス笑われた。

「ああ、君が女だったらなあ。君と結婚するのに」

心臓がドキッと跳ね、次にズキッと痛んだ。この野郎、と睨《にら》みつけた友人は目をつぶっている。

「君とだったら、一緒にいて楽だし」

楽。そう、ネロといるのは楽だからだ。別にいいけどね、と、これ以上傷つかないように心の中でうそぶく。

本当はわかってる。ネロの親友はミケーレだけだけど、ミケーレにはネロ以外にもたくさん親しい友人がいる。昔からそうだった。出会った時から。

ネロの家に泊まりに来るのは、ネロならいつも家にいるし、他に友達がいなくて、彼女もいないから。突然遊びに来たって断られることはない。

つまり、都合がいいからだ。

とはいえ、いいように利用されているとか、そんな被害者意識はない。ミケーレはそんな男ではない。彼の友人の中には、ネロのような陰気な魔術師を見下してくる奴がいる。

でもミケーレは、そんな仲間がいたら注意をするし、きちんとネロを友人として、仲間の貴族たちと同じように接してくれる。

これは実は、貴重なことなのだ。昔より身分の境目が薄れてきたとはいえ、身分に関係なく友情を築こうという貴族はあまりいない。

ミケーレはいい奴だ。多少、無神経なところはあるにせよ。

「俺は嫌だね。誰かと暮らすなんて、息が詰まる」

ミケーレが四六時中そばにいたら、きっと緊張して疲れるだろう。でも彼と暮らせるなら、息が詰まって死んでもいい。

まあ、そんなことは魔術でも使わない限り、あり得ないのだけど。

「そっか。君とは暮らせないのか。残念だ。ネロが奥さんだったら、毎日楽しいだろうな」

「また馬鹿なこと言ってる。酔っ払いめ」

悪態をついたが、その頃にはミケーレは、気持ちよさそうに寝息を立てていた。腹が立って鼻をつまんでやったが、ふがっともがいたきり、また眠ってしまう。

「人の気も知らないで」

ネロの気持ちを知ったら、ミケーレはもうここには来てくれないだろう。

だからネロは、その美貌になびかない、ただの友人のふりをする。

でも本当はミケーレが好きだ。ネロ・ビアンキは、高校一年の三学期からずっと、ミケーレ・アレグリに恋していた。

都会の高校に入ったネロは、学校で浮いた存在だった。

当時、都会の人はみんなキラキラして垢《あか》抜けて見えたし、ネロが入った名門私立高校は、裕福な家の子が多いから、余計に輝いて見えた。

おまけに中等部からの持ち上がりが半分以上いて、高校の入学当日からすでに、友達の輪があちこちにできていた。

ネロと同じ外部からの入学生も、一学期には戸惑っていたが、年越しの長期休暇を終えて二学期が始まる頃には、すっかり垢抜けてお洒落になっていて、持ち上がり組と見分けがつかなくなっていた。

外部生たちは、彼らなりに学校に馴染もうと努力をしたのだろう。大人になった今なら、ネロも少しは彼らの気持ちがわかる。

でも十代のネロは今よりずっと内向的で、それに子供だった。

お洒落や恋愛にばかりうつつを抜かす同級生たちを馬鹿にしていて、いつか魔術で立身出世し、こいつらをあっと言わせてやるんだ、という十代ならではの自意識と自己顕示欲にまみれていた。

一人、教室の隅で、栄光ある未来を妄想してグフグフ笑っているネロは、きっとかなり気味の悪い存在だったに違いない。級友たちは誰もが遠巻きにネロを見ていた。

どこの学校にも大抵、ネロみたいな根暗な生徒が一定数いるものだ。しかし、ネロの代は根暗はネロだけだった。もしかしたら、ネロと似た性格の級友がいたのかもしれないが、みんな内部生たちのキラキラした光に飲み込まれていった。

三学期のある時まで、ネロは浮いた存在で、そしてちょっといじめられていた。

昼休みの後に戻ってくると、いつもネロの席が他の生徒たちに占領されている。どいてと言っても、おしゃべりに夢中なふりをして聞いてくれない。

授業中、ネロが教師にあてられて問題に答えたりすると、決まってクスクス笑われる。魔術が得意なのは知られていたから、魔術の授業の宿題が出ると、ネロが済ませた宿題帳が勝手に奪われ、利用された。

宿題帳はちゃんと返ってきたけど、あちこち擦《す》り切れていることもあったし、誰もありがとうなんて言ってくれなかった。

「あいつら、呪ってやる」

あの頃は寮に帰るといつも、級友たちに呪詛《じゅそ》を吐いていた。実際、彼らを醜い生き物に変える魔術式を開発したりもした。怖くて使わなかったけど。

魔術のことを考えている時と、その魔術で有名人になって、級友たちが悔しそうな顔をするのを想像する時だけ、ネロは楽しく幸せな気分になれた。残りの時間は泥の中にいるみたいに重く苦しかった。

そんな生活が一変したのは一年三学期の後半、春から夏に移ろうという頃だった。

「君がネロ・ビアンキ？　ちょっと、今いいかな」

相変わらず教室の隅っこでうつむいていたネロに、ある日突然、太陽が現れ話しかけた。

昼休みの終わり、そろそろみんなが教室に戻ってきている頃だった。

その場にいた級友たちが驚いてざわめいていた。ネロは彼ら以上にびっくりした。

「あんた……」

「あ、ごめん。僕は一組のミケーレ。ミケーレ・アレグリ」

太陽は名乗ったが、それ以前からネロは彼の名を知っていた。

この学校で、ミケーレを知らない生徒はいない。一年から三年まで、中等部の生徒だって彼を知っている。

誰もが垢抜けている都会であっても、ミケーレほど美しく輝いている人間は他にいなかった。

美しく太陽のような貴公子、ミケーレ。当時すでに、ミケーレの一番上の兄が伯爵家を継ぐことが決まっていたが、彼もやがて叙爵して子爵になるのだとか、母方の侯爵《こうしゃく》家の養子になるのだとか、いろいろ噂されていた。

美しいだけでなく、明るくて穏やかで誰に対しても優しい彼は、学校中の人気者だった。

年中一人ぼっちのネロでさえ知っていたくらいだから、どれほど彼が有名人かわかろうというものだ。

もっとも、彼が有名なのにはもう一つ、理由があったのだが。

「ヤリチンのミケーレ」

ネロが思わず口にすると、再び教室中がざわめいた。言ってから、ネロもしまったと思った。ミケーレにまつわる二つ名の中で、もっとも最低の名を口にしてしまった。たとえ噂が真実だったとしても、初対面の相手に言うべきではなかった。

話を聞いていた関係のない級友が、「おい失礼だぞ」なんて正義面《づら》して気色《けしき》ばむ。

しかし当の本人は、ちょっと困ったように微笑んだだけだった。

「そこまで無節操なつもりはないんだけどね」

美しい少年のそんな顔を見て、ネロも良心が痛んだものだ。ただの噂で、彼を傷つけてしまったと。

後になって、ヤリチンが噂ではなく真実だと知ったし、意外と面《つら》の皮の厚い彼が、根暗な同級生の一言くらいで傷つくことはなかったはずだ。

でもその時はネロも、ミケーレのことをよく知らなかった。

「悪かった。初対面の人間に言うことじゃなかった。暴言を許してくれ」

ネロが素直に謝ると、ミケーレはちっとも気にしていない、というふうににこっと微笑んだ。笑顔が眩《まぶ》しい。いちいち破壊力のある顔面だ。

「それで。一組の奴が何か用」

「うん。実は君が魔術の天才だって聞いて、どうしても頼みたくて。僕に魔術を教えてほしいんだ」

彼の態度が、ちょっとでも上からだったり、偉そうだったりしたら、ネロは彼の頼みなど一蹴《いっしゅう》していたと思う。

でも、魔術の天才だなんて言われて、ちょっとだけいい気分になっていた。ネロには魔術しか取り柄がない。それを級友たちは、魔術バカだの魔術オタクだのと笑う。天才だなんて持ち上げられたことはなかった。

「ミケーレ。ちょっと褒めすぎ。彼が本気にしたらどうするの」

ミケーレと知り合いらしい、級友の一人が、クスクス笑いながら口を挟んできた。ネロはムッとして相手を睨んだが、ミケーレは言葉の意味がわからない、という顔をした。

「だって彼、実際に魔術の成績が抜群なんだろ。まだ一年なのに、すでに王立魔術大学への推薦は確実だって言われてる。知識は高校教師にも負けてないって、他ならぬ魔術科の先生が言うんだ。魔術の成績が落第寸前の僕からしたら、天才の域だろう」

淀《よど》みなく返され、笑っていた級友は鼻白んだ。ミケーレは相手をことさら追い立てることなく、ごく自然な素振《そぶ》りでネロに向き直る。

「今言った通り、僕は魔術の成績が落第寸前なんだ。三学期の試験が赤点だったら、単位をやれないって言われた。魔術の単位がないと進級できないのは知ってるだろう？　頼む、ネロ。僕に魔術を教えてくれ」

ネロは無表情を装っていたが、心臓はドキドキし、手や脇にはいっぱい汗を掻いていた。学校一の人気者が、みんなの前で自分に頭を下げて頼み込んでいる。底辺の、根暗な魔術オタクのネロに。夢でも見ている気がした。

「君んちはお金持ちなんだろ。俺に頼むより、家庭教師を雇ったほうがいいんじゃないのか」

それでもネロは、しらっとした顔でそう答えた。ついでに足を組んで、机に肘をついてみたりした。「人気者に頼まれても、慌てず騒がない冷静な俺」を気取っていたのだ。

興奮で肘がプルプル震えたので、すぐに姿勢を元に戻したが。

「家庭教師は、一学期の終わりから付いてる。でも一向に成績は良くならなくて。他にも教材を取り寄せたり、できることはしたんだ。頼むよ、ネロ。君だけが頼りなんだ。もちろん、できる限りのお礼はする。この通りだ」

「お礼？」

お礼なんてもらわなくても、ネロの心は十中八九、ミケーレに魔術を教える方に傾いていた。ネロの魔術の優秀さを認めてくれて、級友が馬鹿にしても反論してくれた。

もしかしたら、教えてもらうためのお世辞かもしれないが、それでもこの学校に入って、ネロにこんなふうに優しく誠実に接してくれたのは、彼が初めてだった。

「お礼は、そうだな。夏の休暇が始まるまで毎日、『黒猫亭』で昼食を奢《おご》るよ」

『黒猫亭』というのは、この学校のすぐ裏手にある、美味《おい》しいと巷《ちまた》で評判の大衆食堂だ。徒歩数秒だから昼休みをこの店で摂る生徒もいるが、高校生の昼食にしては値段が高い。ネロはまだ、一度も入ったことがなかった。

「もし僕が落第を免《まぬが》れたら、さらに二年の一学期いっぱい、昼食を奢る。どうかな」

ネロの表情が変わらないのを見て、ミケーレはさらに報酬を上乗せした。いたずらっぽい笑みを浮かべ、緑灰色の瞳でネロを見つめる。

「成功報酬ってわけだ。わかった。それで引き受けよう」

ニヤリと気取った冷笑を浮かべて、ネロは応えた。ミケーレは素直に破顔する。

「良かった。交渉成立だね。どうぞよろしく、ネロ先生」

差し出された手を、ネロはやっぱり気取った仕草で取った。

ミケーレの手は意外と大きくて力強くて、ドキドキする。そしてネロの手は手汗でベタベタだったが、ミケーレは何も言わなかった。

こうして、ミケーレの落第を救うべく、魔術の個人授業が始まった。

時間は放課後の一時間半。場所は、ミケーレが魔術科の先生に掛け合って、魔術科実験室を使わせてもらった。ネロもミケーレも部活動に入っていなかったから、学校のある日は毎日行われた。

期限は学年末にある定期試験まで。一か月もない。

最初はどうなることかと不安だったが、ミケーレは決して要領も頭も悪くなかった。それどころか魔術以外の教科はすべて、ネロより優秀だったくらいだ。

ただ不思議なことに、魔術に関してだけは苦手意識があるようで、しかも中学で習う範囲の魔術さえ、あやふやだった。

「『魔術』以前だな。小学校の『まほう』からやり直そう」

簡単な理論と実技の問題を出して学力を測った後、ネロはそう宣言した。

「えーっ、一たす一は二とか、そういうこと？　代数くらいはできるよ」

「それは『さんすう』と『数学』。けど、そういうことだ。まずは、君の苦手意識を克服しないと。『まほう』の『ま』、から始めるぞ」

基礎からやり直す方法は、非常にうまくいった。最初の数日でミケーレはあっという間に小学校の「まほう」を習得し、中学の「魔術」の基礎も順調に身に付けていった。

その習熟度と速度には目を瞠《みは》るものがあり、どうして今までこれらができなかったのか、ネロには不思議でならなかった。

「うーん、ネロの言う通り、初等部の頃に『まほう』でつまずいて、それから魔術そのものに苦手意識があったんだよね」

　個人授業をはじめて一週間。中学の三年まで進んだ頃、少し気安くなったこともあって、ネロは疑問を口にした。

　返ってきた答えは予想通りだったが、それだけでは説明がつかない気がする。

「こんなに基礎があやふやで、中学ではどうしてたんだ」

　基礎が壊滅的だったのだから、中学の成績だって悪かったはずだ。中学でも落第はある。よくこれで進級できたものだ。

　素朴な疑問を口にすると、ミケーレはそこで困った顔をした。ちらっとネロの顔を窺《うかが》う。言うべきかどうか、迷っているようだった。

「……本当のことを言ったら、君に軽蔑《けいべつ》されそうだ」

「なんだよ、はっきり言えよ。カンニングか？」

　褒められたことではないが、別に軽蔑なんてしない。試験は自分のためのものだ。ずるをして受かっても、自分に返ってくる。

「いや、カンニング以前なんだ。確かに中学の一、二年は、魔術の成績が最悪だった。三年でも赤点だったら、留年するところだったんだよ。そしたら、魔術科の先生が付きっきりで補習をしてくれるって言って」

「ほう」

親切な先生だ。ネロは感心したが、そうではなかった。

「女の、大学出たての若い先生だったんだ。今みたいに放課後、毎日二人きりで補習をしてくれたんだけど、段々となんていうか……仲良くなってね」

「仲良く」

結構なことだ、とは言えなかった。ミケーレの声音に、後ろめたげな色があったからだ。

「うん。すごく仲良くなった。教師と生徒の一線を越えたっていうか」

ははっ、とミケーレは恥ずかしそうに笑ったが、こっちは笑えない。

「なんだそれは。虐待じゃないか。どこの教師だ、なんて名前だ」

大人が中学生に手を出すなんて最低だ。今のミケーレは身体つきも顔つきも、すっかり大人びているけれど、でもそういう問題じゃない。

気色ばむネロに、ミケーレは「大丈夫だから落ち着いて」と、おっとり微笑んだ。

「少しでも嫌だったら拒んでるから。その時点で、教師から言い寄られたのは、初めてじゃなかったんだよ。でも当時からもう、僕は背が高かったし、力も強かったからね。あと、我が家から学校に毎年、多額の寄付をしてた。今もしてるけど。だから、僕が一言言えば、教師一人くらいすぐクビにできるんだよ」

最後の言葉は、あまりに爽やかに言われたのでゾクリとしたが、ともかく合意だったと言いたいらしい。

「まあとにかく、魔術科の若い女性教師とそういう仲になってね。魔術の代わりに色んな性戯を教えてくれるものだから、僕もすっかり興味を持っちゃって」

「持っちゃって、じゃねーよ」

魔術は一向に理解できず、試験もボロボロだった。名前以外、まともに答えられた問題はなく、赤点は必至、ミケーレは落第を覚悟したが、そうはならなかった。

返ってきた答案にはなぜか、書いた覚えのない完璧な解答が記載され、満点に近い点数が付いていた。ミケーレは無事に卒業できたというわけだ。

もちろん女性教師の仕業だった。彼女もミケーレの答案を見て、さすがにまずいと思ったのだろう。付きっきりで補習をしたのに、ろくな解答もできず赤点を取ったとあれば、放課後何をしていたのかという話になる。

「そのずるのツケを、今払ってるわけなんだけど。……やっぱり、軽蔑する？」

白皙《はくせき》の美貌が心配そうに覗き込んできて、ネロはドキッとした。実験室の窓から差し込む、沈みかけた陽の光を浴びて、金の髪が煌《きら》めいている。緑灰色の瞳がいつもより深く見えて、危うく吸い込まれそうになった。

ミケーレが瞬《まばた》きをしなければ、ネロはそのまま彼の顔に吸い寄せられていたかもしれない。

「驚きすぎて、他のことを感じる暇もなかったよ。別に軽蔑なんてしない。分別のない大人に、君が傷つけられてなきゃそれでいい」

軽蔑の意味を考え、ネロがそう答えると、ミケーレはパチパチと何度も瞬きした。

「君は、大人みたいなことを言うんだな」

そんなこと初めて言われた。ちょっと嬉しかった。ネロはふん、と余裕ぶって鼻を鳴らす。

「高校生なんだ。もう半分大人だろ」

「そうだけど。うちの兄と同じことを言うから」

一番上の兄にだけは、ミケーレがずるをして進級したことを伝えたらしい。

「いいお兄さんだな」

「まあね。年が離れすぎて、父親みたいだけど」

そんな話をしてから、以降はお互い、自分のことを話すようになった。

ネロは実家が酪農を営んでいることや、子供の頃から魔術が好きだったこと、ミケーレは末っ子のせいか、生まれた時から家族に構い倒されて育ったこと、四歳の時に幼馴染《おさなな じ》みの男児と女児がミケーレを奪い合って争いを繰り広げたのが初めての修羅場の経験だったこと、他にもたくさん話し合った。

昼休みには毎日、ミケーレと「黒猫亭」で昼食を食べた。評判通りどの料理も美味しくて、「黒猫亭」の卵料理は大人になった今でもたまに食べたくなる。

ミケーレと四六時中一緒にいるせいか、ネロは自分の教室でもいじめられなくなった。それどころかたまに、ぽつぽつと話しかけられるようになった。

馴《な》れ馴れしくミケーレとの仲を取り持ってくれと持ち掛けられることもあって鬱陶《うっとう》しかったが、うっすらとしたいじめを受けてどん底にいた頃に比べれば、まだましだった。

ネロは「天才魔術師」の名にかけて、ミケーレに徹底的に魔術の教育を施した。後にも先にも、あんなに真剣に誰かにものを教えたことはない。

おかげで一年三学期の定期試験で、ミケーレはネロに次ぐ優秀な成績を修め、無事に二年に進級することができたのだった。

二年の組替えで、ネロとミケーレは同じ組になった。進級できたミケーレは成功報酬として、二年の一学期中、ネロに昼食を奢ってくれた。

夏の休暇にはアレグリ家の避暑地に招待された。長兄がネロの個人授業の話を聞き、ぜひ招待するようにと言ったらしい。

避暑地で顔を合わせたミケーレの兄には大いに感謝され、一週間ミケーレと過ごした。最高の夏休みだった。

二学期になっても昼休みを一緒に食べる習慣は続き、三年に上がる頃にはもう、周囲もネロをミケーレの友人として認識していた。

ミケーレの友人はネロだけではなく、彼の周りには常にたくさんの人たちがいた。だいたいがミケーレと同じ富裕層か、そうでなければとびきり美人だったり、玄人《くろうと》並みに歌が上手《うま》いとか、何か飛び抜けた取り柄を持っていた。

みんな陽気でお洒落で社交的で、根暗なオタクの友人はネロだけだ。

そのことで嫌味を言ってくる人もいた。かつてのネロなら傷ついていただろうが、もう気にならなかった。

ミケーレがいるから、もう一人ではない。それに彼の友人たちも、少しずつネロと打ち解けてくれていた。

それまで友達なんていらないと嘯《うそぶ》いていたけれど、本当は寂しかった。でも自分から働きかける勇気はなく、そういう幼稚な自分を認められなくて、よりいっそう内にこもっていた。

友達は素晴らしいものだ。自分の知らないことを知っていたり、まったく違う考えを持っていたりする。そういう相手と接することで、新しい自分が増えていく。

ミケーレと出会って、世界が開けた。大げさではなく、彼との出会いによってネロも成長したのだと思う。

変えられない部分もあって、内向的な性格は今に至るまでそのままだけれど、それでも昔よりは一歩勇気を出して、他人と交流できるようになった。

もしもミケーレと出会っていなかったら、一人ぼっちに耐え切れず、高校を中退して実家に帰っていたかもしれない。そうなったら大学にも行かなかったし、いい就職先も見つからず、魔術師として独立することもなかった。

ミケーレがあの時、物怖《ものお》じせずに話しかけてくれたから、今のネロがあるのだ。

高校を卒業し、大学は別々になった。これで交流は途切れるかもしれないと思ったが、その時もミケーレの方から連絡を取ってくれた。

ネロが心の中でいつまでもウジウジ考え、なかなか行動できずにいる時、ミケーレはそんな躊躇《ためら》いをひょいと飛び越えて会いに来てくれる。

出会ってからずっと変わらぬ友情を向けてくれる彼に、ネロも真摯《しんし》な友情で応え続けた。

決してミケーレを裏切らない。彼に友情以外の眼差《まなざ》しを向けないようにする。ネロはいつからか、自分にそう誓いを立てていた。

ミケーレの周りの人間がみんなそうであるように、ネロも出会った時からミケーレに夢中だった。

その緑灰色の瞳が自分だけを見てくれたらいいのにと考えたし、いつか周りにいる男女を軒並み振り払い、彼が真剣にネロに求愛する妄想を幾度となく繰り返した。ミケーレに抱かれたら、と想像したこともある。

ミケーレの周りにいる人々はみんな、想像だけでなく実行に移すことをためらわなかった。彼に引き寄せられる男や女たちが次々に恋人になり、別れ、時には未練を残して騒ぎを起こしたり、あるいは物分かり良く関係を清算して友人に戻ったりする。

ネロはそれらを、一歩引いた場所から眺めていた。みんなが羨《うらや》ましかった。自分も一度でいいからそういう関係になりたいと願ったけれど、同時に諦《あきら》めてもいた。

自分はみんなみたいに、キラキラして垢抜けていない。奇跡的にミケーレの友人になることはできたが、それ以上を望むのは分不相応だ。

普段はミケーレの友人として対等のつもりでいるが、こと恋愛に関してネロは、ミケーレと自分には大きな格差があると考えていた。

王子と乞食《こじき》、あるいは人間と昆虫くらい壮大な差だ。

昆虫のネロなんて最初から恋愛の対象外だろうし、虫に言い寄られてもミケーレが困惑するだけだ。間違って告白して、

『ネロとはちょっと……』

なんて濁された日には、絶望して死んでしまう。想像だけで軽く三回くらい死ねる。

幸か不幸か、聡明《そうめい》だが育ちが良くてちょっと惚《とぼ》けたところのあるミケーレは、ネロが押し隠した友情以上の愛情に気づくことはなかった。

ミケーレに会うとやけにツンツンして素っ気なくなってしまうのも、そういう性格なのだ

と受け容れて、ほんの少し触れられただけで赤くなるのは、恋人がいない歴年の数、童貞ゆえだと思っている。まあ、後者はその通りなのだが。

　大学を卒業し、互いに職に就いても二人の行き来は続き、ネロが魔術機関を辞めて個人の魔術師として独立し、郊外の空き家を買って越してからは、時おり泊まりにくるようになった。

　この先、ミケーレが家庭を持ったら、それもなくなるだろう。その時は、ネロが会いに行く番だ。年に一度か二度、勇気を出して彼に連絡を取り、でも会ってしまえば高校時代と変わらぬ親しさで酒を酌《く》み交わす。

　そうやって緩やかに年を取り、どちらかが天に召されるまで友情が続けばいい。それがネロの今の望みだ。

　ミケーレが恋人の話をする時はいつも、胸がチクリと痛んだが、今はもう、その痛みさえ馴染みのものになっていた。


　その日は朝から天気が良く、一日中暖かだった。

　これから夏に向けて気温が上がっていく。今はちょうどいい季節だ。

　ネロは朝から機嫌が良かった。起きてすぐ口に入れたシュガーボンボンは緑色の薬草味だったが、ハズレを引いても気にならないくらい、浮かれていた。

前の日に、請け負っていた仕事の報酬が入ったのだ。

最初に依頼を受けた時は、気が進まないどころか、後ろめたささえ感じていた。違法ではないけれど、大きい声では言えない内容だった。

受けようかどうしようか散々迷い、結局は報酬の額に目がくらんだ。

その前に引き受けた大きな仕事は依頼主の破産でとん挫《ざ》し、他の仕事を蹴《け》って時間を費やしたのに報酬はなしという、散々な思いをしていた。

こういう予期せぬタダ働きがあるのが、個人事業主の弱いところだ。すぐに生活に困るわけではないが、やっぱり気持ちが不安になる。

そんな時、仕事の工数はさほどかからないが報酬は莫大、でもちょっとだけ後ろめたいという、訳ありの依頼が舞い込んだのだった。

悩んだけれど、やってよかったと思った。

出来上がった魔術道具を渡した時、依頼主は涙ぐんで感謝してくれた。

「これで、私はあの方と幸せになれます」

恋愛がらみの依頼だった。

普段の仕事は、個人宅の警備用魔術とか、商会が事務処理で使う自動速記装置の保守などが多い。恋愛なんて、ここまで個人的な依頼は珍しい。

浮気性の婚約者を改心させたい、なんて、ざっくりふんわりした『要件』を具体的な方法に落とし込み、顧客に提案する。出来上がったものと顧客の希望が乖離《かいり》しないよう、何度も事前にすり合わせをし、実際に魔術を構築する。

ここまであやふやな依頼を形にしたのは久しぶりだったし、実装した魔術もあまり使わない分野の技術だったので、仕事の作業そのものも面白かった。

やり甲斐《がい》があって、でもそれほど時間を拘束されない。報酬はたっぷり。依頼主からは感謝される。本当にいい仕事だった。

昨日、依頼主の屋敷に行き、残りの報酬を受け取った。依頼主本人は不在だったが、報酬を用意した屋敷の執事は、

「お嬢様は本当に魔術師様に感謝しておりました」

ありがとうございます、と丁寧に頭を下げられ、ネロもいつになく愛想のよい笑顔で、「また御用の際はよろしくお願いします」と返したものだ。

もらった報酬の一部で、一か月分の食料と酒を買い込み、さらに気になっていた魔術の専門書や雑誌を買い漁《あさ》った。

馬車を一台借りて買い物の荷物を家まで運び、夜は買ってきた酒と肴《さかな》でささやかな一人打ち上げをした。

翌朝、目を覚ましてもまだ、清々《すがすが》しい気分は続いていた。

いくつか定期的に請け負っている小さな仕事はあるものの、さほど忙しくもない。ネロは久々に家の掃除をした後、隠れ家へ赴くことにした。

隠れ家というのは、言葉通りの意味だ。ネロはこの古屋の他に、さらに辺鄙な場所にもう一つ家を持っていた。

その存在を、誰にも言っていない。ミケーレにも内緒だ。なぜなら、どうして隠れ家など用意したのか、と改めて聞かれると恥ずかしいからである。

はっきり言ってしまえば、まともな意味などない。ただ色々と妄想をこじらせた結果だ。ミケーレと二人きりで愛の逃避行をする妄想とか、世界が滅びて人類はミケーレとネロの二人だけになり隠れ家に引っ越すとか……日頃からそういうことばかり考えていて、まとまった金が入った時に勢いで買ってしまった。

買ったはいいが、もちろん逃亡などする予定もなく、家に入りきらない書物や使っていない魔術道具などの物置きになっていた。

家の収納がいっぱいになっていた頃だったし、整理して運ぶことにした。

馬車を呼ぶには中途半端な距離なので、荷物を載せた荷車を押して徒歩で行く。歩くと往復で半日かかり、家に帰る頃にはすっかり日が暮れていた。

「やっぱり隠れ家なんて、持つんじゃなかったな」

家の庭に物置きを作った方が手っ取り早い、ということに、帰り道で気づいた。

すっかり暗くなった街道を、荷車を引いて歩く。街と違って街灯なんてないから、夜道は暗い。曇って月も出ていないし、念のため持ってきた手提げランプの明かりだけが頼りだ。

家に着く頃には疲れきっていて、朝からの楽しい気持ちも薄れていた。

「今日は早く寝よう」

独り言をつぶやきつつ、玄関扉へ近づく。その時、ランプでほんのり明るく照らされた扉の前に、何かがうずくまっているのが見えた。

「うわっ」

ネロが思わず声を上げ、その声で何かが跳ね起きる。ミケーレだった。

「ミケーレ！」

「ネロ……。良かった。もう帰ってこないかと思った」

ミケーレは、ランプの明かりに眩しそうに目をしょぼしょぼさせ、ホッとした声を出した。うずくまって眠っていたらしい。

「ずっと、そこで待ってたのか」

先の修羅場からまだひと月しか経っていないのに、また逃げて来たのか。いや、来てくれるのは嬉しいのだが、何だか今日はいつもと様子が違っている。

いつもは恋人たちから逃げてきたと言いながら、それでも身なりはきちんとして、ネロの家に持ってくる手土産《てみやげ》や食料を買い込む余裕もあるのだ。

でも今は、ほとんど着の身着のままといった恰好《かっこう》だった。綿の寝間着を着ているが、寸足らずで丈が合っていない。足元に至っては裸足《はだし》だった。ヒゲが伸びかけているから、今朝からヒゲを剃《そ》っていないらしい。髪もボサボサだ。

なぜかキノコがいっぱい入った籠《かご》を抱えていて、他に荷物はない。

「ごめん、ネロ。着る物を借りた。庭に干してあったやつ」

なんとミケーレが着ているのは、庭に干しっぱなしで忘れていたネロの寝間着だった。どうりで丈が合わないはずだ。それまで着ていたものはどうしたのだろう。

「それは構わないけど。いったいどうしたんだ。いや、話は後だ。とにかく中に入ろう」

友人のただならぬ様子を見て、ネロは急いで玄関の鍵《かぎ》を開けた。こんなことなら、鍵なんてかけずに出ればよかった。

「あの、これ。僕が来た時には、扉の前に置いてあったんだ」

ミケーレはおずおず、といった態度でキノコの籠を差し出した。

「ああ、隣のキノコ農家からだ。お節介なおばあさんがたまに、差し入れてくれるんだよ」

魔術師の一人暮らしなんて、ろくなものを食べてないんだろう、というのがおばあさんの口癖だ。

「腹は減ってないか？　何か作るから、その間に風呂に入って来いよ」

裸足で玄関に突っ立っているミケーレに、ネロは何でもない口調で言った。

ミケーレはホッとしたような、ちょっと泣きそうな顔になる。それを無理に笑顔に変えた。

「うん。ありがとう、ネロ」

ミケーレが自分で風呂を沸かして入る間、ネロは大急ぎで二階に上がり、ミケーレでも着られそうな衣服と履物を探し出した。

ミケーレが泊まる時のためにと買った寝間着と履物を、どこかにしまっておいたはずだ。

(あれは絶対、何かあったな)

ミケーレの態度がおかしい。太陽みたいな彼が、今にも消え入りそうに元気がなくなっている。自信がなさげでオドオドしているミケーレなんて、初めて見た。

咄嗟《とっさ》に、いろいろな想像が頭の中を駆け巡った。

実家の家族に何かあったとか。恋人がミケーレの節操のなさを悲観して自殺したとか。修羅場の末に恋人に殺されそうになり、もみ合いになって逆に殺してしまったとか。

最後のが一番、ありそうだ。

その場合、ミケーレの長兄に連絡するか、死体を埋めるのを手伝うか、それとも自首を勧めるべきだろうか。

頭の中では目まぐるしく考えながら、夕食の支度をした。元気がない時は、何か温かいもののほうがいいだろうと思い、スープを作る。

テーブルに肉と野菜たっぷりのスープと炙《あぶ》ったパン、ワインが並ぶ頃、ミケーレが風呂から出てきた。

「ありがとう。さっぱりした」

無精《ぶしょう》ヒゲはそのままだが、髪も身体も洗って、真っ青だった顔色も血色が戻っている。

「この寝間着、ぴったりだった」

「君が泊まる時にと、ずいぶん前に買ってあったんだ。けど君、いつも自分で着替えを持ってくるだろう？　出す機会がなかったんだよ」

役に立ってよかった、と言うと、ミケーレはまたくしゃりと顔を歪《ゆが》ませた。泣きそうになって、急いで瞬きしたりしている。

「ほら座って。夕食に付き合えよ。ワインも飲めるだろ？」

「うん」

ミケーレは子供のような仕草でこくりとうなずき、テーブルについた。スープを一口飲み、「美味しい」とつぶやく。それから、すごい勢いで皿を空にした。

驚きながらもおかわりをよそってやると、それもあっという間に平らげる。

「ごめん。朝から……いや、昨日の夜から何も食べてなかったんだ」

ひとごこちついたミケーレは、恥ずかしそうに言った。ネロはますます何があったのか気になったが、こちらからは聞かないでおく。

彼が打ち明けてくれるまで待とう。急《せ》かしたって、どうせ死体は生き返らない。

ネロの中ではすっかり、ミケーレは恋人を殺したことになっていた。

「いくらでも食って飲んでいいぞ。ちょうど昨日、仕事の報酬が入ったんで、食料をたっぷり買い込んでおいたんだ。そうだ、これも食えよ」

ネロはミケーレが来た時にと買っておいた、魚卵の塩漬け瓶を開けた。ミケーレの好物なのだ。

ミケーレはまた泣きそうな顔で礼を言ってから、魚卵の塩漬けをパンにのせて食べ、それを肴にワインを飲んだ。

「ネロ」

ワインを飲み干して、ミケーレは意を決したように口を開く。なんだ、と答えたが、ミケーレは何か言おうとして、ぐっと言葉に詰まったようだった。

ネロは空になったコップにワインを注いだ。

「ほら、呑めよ。まだワインはたっぷりあるから」

人を殺したなんて、簡単に口にできることじゃない。酒の力が必要だ。

ネロは何もかも理解した気になっていた。ミケーレは新しく注《そそ》がれたワインを飲み、「ネロ」ともう一度名前を呼ぶ。

「今夜、一晩中酒盛りに付き合ってくれないかな。まだ君に、何もかも打ち明ける勇気が出ないんだ。そのかわり夜が明けたら、僕の身に起こったことをすべて話すから」

一言一言を、振り絞るように口にする。ミケーレの肩が、わずかに震えていた。

「いいよ」

ネロは軽く請け合った。それから彼の肩をポンと叩く。

「それなら暖炉の前に行こう。今、敷物を持ってくるからさ。学生の頃みたいに好き勝手に座ったり寝転がったりして、朝まで飲み明かそうぜ」

これから何を打ち明けられようと、ネロはミケーレの友人だ。彼が死体を埋めたいなら手伝おう。自首して刑務所に入ったら、毎週でも面会に行ってやる。差し入れもしよう。

あれこれ頭の中で想像し、ネロは勝手に覚悟を決めた。


その夜のネロは、どんなに酒を飲んでも酔わなかったし、眠くならなかった。気持ちが昂《たかぶ》っているのだろう。

ミケーレと二人、暖炉の前でワインを飲みながら、いろいろな話をした。

ほどよく酔いが回ったのか、ミケーレの方は来た時のようなオドオドしたところはなくなっていた。ただ、何かを諦めたかのように暗い顔をするのが気になった。

「ねえネロ。白状するけど」

暖炉の中で薪《まき》が爆《は》ぜるのを眺めながら、ミケーレはぼんやりと言った。

「なんだ」

「僕はね、十年以上も変わらず友情が続いたのは、実は君だけなんだ」

ネロは黙って落花生《らっかせい》をかみ砕いた。それを聞いて、泣きそうになったからだ。「そうか」と落花生を飲み込んでから素っ気なく言う。

「俺もだよ」

ネロの意地っ張りなどわかっているというように、ミケーレはふふっと笑う。

「幼馴染みや、ただ付き合いが長いだけの相手なら、他にもいる。でも、いつの間にか本音を言えなくなったり、あとは大抵、友達でいるうちに身体の関係も持ってしまうから、友達なのか恋人なのかわからなくなっちゃって」

「……そう」

「ギクシャクしたり気まずくなって疎遠になるんだよね。だからね、純粋に生粋《きっすい》に友達なのは、ネロだけだよ」

それは、喜ぶべきなのだろうか。暗にお前は対象外だと言われているような気もする。

「でも、僕の身に起こったことを打ち明けたら、さすがの君でも、友達でいてくれなくなると思う」

景気づけのようにワインを飲み干した後、ミケーレはとうとうそんなことを言い始めた。

ついにきた、とネロも緊張する。だが表向きはあくまで沈着冷静に、「そうかな」と軽く首をすくめてみせた。

「俺は君がここに現れた時から、いろいろな想像を巡らせて覚悟をしているつもりだけど」

暖炉の方を向いていたミケーレはネロを振り返り、ありがとう、とつぶやいた。それからまた、暖炉の火を見つめる。

「たぶん、どの想像も外れてる。というか、誰も想像できないと思うよ。僕が、あんな……恐ろしい……」

ミケーレはぶるっと震え、両腕で自分の身体を抱き込んだ。

「僕自身、いまだに信じられないんだ。僕は変わってしまった。僕はもう以前の僕じゃない。ネロに友情を感じてもらえる人間ではなくなってしまったんだ」

ああ、と嘆き、彼は両手で顔を覆いうつむいてしまった。こんなに怯《おび》え、悩んでいるミケーレを見るのは初めてだった。

いつも穏やかで自信に満ち溢れた彼が、身を縮めて震えている。可哀想で愛しくて、ネロは思わずミケーレの肩を摑《つか》んだ。

「しっかりしろ、ミケーレ。勝手に俺の気持ちを決めるなよ。俺は一生、君の友達だ。死体を処理したいなら一緒に埋めてやる。秘密を抱えて生きるのが苦しいなら、魔術で君の記憶を消してやる」

ミケーレは顔を上げた。その目が不思議そうにネロを見返す。

「死体……埋める？」

「え、違うのか。俺はてっきり、君がまた恋人と修羅場って、殺されそうになって揉《も》み合ったあげくに逆に恋人を殺してしまったんだと思ってた」

美しい顔が、ぽかんとしていた。かと思うと、ぶっと吹き出す。

「僕が殺人……そうか、だから埋めるって。……あはは」

腹を抱えて笑うから、ネロはムッとして相手を睨んだ。

「なんだよ。そんなに笑うなよ」

「ごめん。だって……はは、ネロ。君は最高の友人だよ」

「こっちは自首を勧めるか、共犯になって死体を処理するべきか悩んだのに」

ふん、とネロは恥ずかしくなって横を向いた。

「笑ってごめん。でも、まさか君がそんな想像をして、しかも共犯者になろうとしてくれてたなんて、思ってもみなかったから」

「君が自首して刑務所に入った後の、差し入れの中身も考えていた」

恥のかきついでに打ち明けると、ミケーレはまた、あはは、と声を上げて笑った。

「ありがとう、ネロ」

ネロの背中に、甘やかな声がかかった。次の瞬間、背後から抱き締められ、思わず「ひ」

と飛び上がった。

「な……お、おい」

うろたえてもがいたが、ミケーレの腕は強くて振りほどけない。

ありがとう、とまたミケーレは言う。彼の吐息が耳にかかり、頭が爆発するかと思った。

「魔術で記憶を消すなんて、そんなことできるんだ」

「ああ。違法だけどな」

「死体を勝手に埋めるのも違法だよ」

その通りだ。ミケーレは笑い、ようやく抱擁を解いた。ネロはおずおずと背後の友人を振り返る。

いつの間にか、ミケーレからは暗い表情が消えていた。普段の穏やかな彼で、ただネロを見つめる緑灰色の瞳だけが、わずかに潤《うる》んでいた。

「ネロ。君の妄想のおかげで、勇気が出たよ。君は本当に僕のことを考えてくれていた。もう臆さずに、君にすべてを打ち明ける」

決意を込めた友人の言葉に、ネロもうなずいた。

「ところで、今は何時かな」

ミケーレが不意に尋ねるので、ネロは部屋の壁に掛けてある時計を振り返った。いつの間にかずいぶん時間が経っていて、驚く。

ミケーレは言い、ゆっくりと東の窓を仰ぐ。その様子はまるで、絞首台に上る死刑囚のようだった。

「……そうか。そろそろ夜明けだね」

「わ、もう四時半だ」

「ネロ。君はさっき、僕が恋人に殺されそうになったと言ったけど、半分当たってる。昨日、恋人の一人が僕の屋敷にやってきたんだよ」

窓を向いたまま、ミケーレは語り始めた。恋人の一人が事前の連絡もなく、唐突に訪ねてきたこと。彼女はやけに上機嫌で、それをミケーレは不気味に感じたこと。

「その恋人とは、前に会った時に別れ話をしていたんだ。彼女、付き合いたての頃はサバサバしていて、僕に何人も恋人がいても、割り切ってる感じだったんだけど」

しばらく経つと、他の恋人たちとはいつ別れるのかと、迫られるようになったという。

「僕はそれを言われるたびに、無理だから別れようって言うんだ。僕の緩さは死んでも直らないと思うし。こういう関係だって割り切れなくなったのなら、一緒にいてもお互い不幸になるだけだからさ」

しかしミケーレがそう返すと彼女は、別れたくない、もう言わないから捨てないでと泣いて縋《すが》る。それでもしばらく経つとまた、他の恋人たちと早く別れてくれ、どうして別れてくれないのかと癇癪《かんしゃく》を起こすのだ。

「それで、もう無理だから別れてくれって言ったんだ。それがひと月くらい前だったかな」

一か月前ミケーレは、不倫相手の夫人とベッドにいる時に旦那が乗り込んできて、この家に避難してきたのだった。あっちでもこっちでも問題を起こしていたわけだ。

「相変わらず、ヤリチンの名に恥じぬクズっぷりだな」

ネロは思わず言ってしまった。同じクズに恋した者として、恋人たちに同情してしまう。

「それを言われると、反論できないんだけど」

ミケーレはしゅんとした顔をした。

ともかくミケーレは、その彼女と別れ話をした。彼女はもちろん承知してはくれず、話は中途半端に終わったままだった。

それが一か月後の昨日、やけに上機嫌で家を訪ねてきたのだというから、確かに不気味だ。

しかし相手は身分のある令嬢で、門前払いを食らわせるわけにもいかない。仕方なく家に入れた。

「本当は入れたくなかったけど。いつまでも逃げているわけにもいかないし。居留守を使っても、キアラは僕と会うまで屋敷の前で待ち続けただろうし」

「……キアラ」

ネロは思わず口にしてしまった。聞き覚えのある名前だったからだ。

「彼女を知ってるのかい？」

「え、いや。この間の依頼主がそんな名前で……。彼女、婚約者がいたりする？　あとその、妊娠してるのかな」

恐る恐る尋ねてみる。ミケーレは即座に首を横に振った。

「さすがに婚約者がいたら、僕と関係したりしないよ。妊娠したら、それを盾に僕と結婚を迫っただろうね」

それを聞いて、ネロはホッとした。

「じゃあ別のキアラ嬢だ」

そうだ。そんな偶然があるはずがない。キアラなんてよくある名前だし。

話が逸《そ》れたせいか、時計を確認してからずいぶん時間が経っていた。ミケーレはさっきから、窓の外をしきりに気にしている。

「キアラと二人きりで話して、僕はもう関係を続ける気はないって言ったんだ。お互いのためにも別れた方がいいだろうって。彼女は素直にうなずいた。それから最後に抱いてほしいって。それでベッドに行ったんだ」

別れる間際の性交は、互いに互いを燃え上がらせた。別れ話から一転、二人は一晩中楽しんだのである。

「今から思えば、その最中に彼女から呪いをかけられたのだと思う」

「の……呪い？」

ネロはまたも聞き返してしまった。ミケーレは静かにうなずく。

「おまじないだって、彼女は言ってた。僕の上に乗っかりながら、何か丸い玉みたいなのを振り回してた。暗くて何だかわからなかったんだけどね。何してるのかって聞いたら、私とあなたと幸せになれるおまじないだって」

ネロの頭の中に、先日の依頼主の声が響いた。

――これで、私とあの方と幸せになれます。

(まさか……)

ネロは友人に向かって口を開こうとした。しかしそれより早く、窓を向いたままミケーレが話を続けた。

「その時は、おかしなことを言うなって思ってた。でも彼女の言うことは、だいたいいつもおかしいから。妄想癖と虚言癖があるんだ」

ミケーレは気にせず、夜が明けるまで彼女と睦《むつ》み合った。そう、夜が明けるまで。

「あの時も今みたいに、窓の外がだんだん白んでくるのが見えた。僕は彼女とベッドにいて、朝陽はまだそこまで届いてなかったんだ。でも僕の身体は変わっていったんだ。……ほら、こんなふうに」

ミケーレがこちらを振り返った。ネロは思わず悲鳴を上げそうになり、すんでのところでそれを飲み込んだ。

「ミケーレ、君……」

友人の美しく整った鼻梁《びりょう》が、いつの間にか奇妙に突出していた。口と一緒に前に伸び、鼻と口の周りにみっしりと毛が生えている。

「あっ」

かと思うと、今度は頭から三角に尖《とが》った何かがにょっきりと飛び出した。角《つの》かと思ったら、耳だった。獣の耳だ。

啞然《あぜん》とするネロの前で、ミケーレの姿はどんどん変貌《へんぼう》していく。彼の唯一残った緑灰色の瞳が、涙を流して縋るようにこちらを見ていた。

『ネロ、ネロ……。どうか醜く変わった僕を見ても、嫌いにならないでくれ』

尖った口から、くぐもった声が漏れた。その頃にはもう、ミケーレはすっかり別の生き物になっていた。

四つ足の、毛むくじゃらの獣。猫でも兎でもない。

本当に奇妙な姿だった。巨大な牡牛《おうし》ほどもあるが、牡牛ではない。

「ミ……ミケーレ、本当に君なのか」

話しかけた声が、我知らず震えていた。異形の生き物は、涙をこぼしてうなずく。

『ああ、そうだ。僕だよネロ。キアラの呪いで、僕はこんなに醜い化け物に変わってしまった。夜は人間に戻れるが、陽の光のある間は化け物のままなんだ』

化け物。そう、これはまさに怪物だ。

「まさか……まさか。ああ……こんなことが」

ネロは震えた。目の前の異形の怪物に怯えたからではない。己の所業に気づいたからだ。

昨日、報酬の残りをもらいに行くと、キアラは不在だった。ミケーレのところへ行っていたのだ。

「ああ、ミケーレ」

『お願いだ、ネロ。僕を嫌わないでくれ』

ネロの態度を誤解したのか、ミケーレは絶望したように言った。

『中身は僕のままなんだ。こんな牙《きば》があるけど、人を襲ったりしない。僕にもわけがわからないんだ。僕は何者なんだろう。牛でも熊でもない。こんな醜い生き物、見たことがない』

茶色っぽい、短くてごわごわした毛並みに、角のような三角の耳。ミケーレが言う通り、尖った口の端から、大きく鋭い牙が見える。その気になれば、ネロなど一噛みで殺してしまえそうだ。

熊みたいに太い足。尻尾《しっぽ》は蛇《へび》のとぐろのようにくるくると巻いている。

ネロも生まれてこの方、こんな怪物には出くわしたことがなかった。けれど、これが何なのかは知っている。

「ミケーレ。落ち着いて聞いてくれ。その姿はたぶん……」

「これが何か、わかるのか？」

嗚咽《おえつ》混じりのくぐもった声が言い、怪物が一縷《いちる》の望みを抱いてこちらを見る。何の希望もありはしないのだと、何て説明すればいい？

ネロは知っている。知らないはずがない。

キアラの呪い——この魔術を作ったのは、他ならぬネロなのだから。

「ミケーレ。それは、その怪物は……『犬』だ」


キアラこと、キアラ・ディ・ロッシの屋敷にネロが呼ばれたのは、そう言われてみれば確かに、一か月ほど前のことだった。

「お腹に赤ちゃんがいるんです。あの方との子が」

キアラは言い、薄い腹を愛おしそうにさすっていた。

あの人、とはキアラの婚約者で、家同士が決めた縁談だったが、出会ってすぐに恋に落ちたのだという。妊娠しているということは、婚前交渉をしたのだろう。

婚約者の男は美しく優しく、誠実な男で、キアラを心から愛してくれたが、とんでもない浮気性だった。

誠実なのに浮気性とは意味がわからない。その時点でネロの頭には、疑問符がいくつも浮かんだが、金持ち貴族のご令嬢の機嫌を損ねるのは上手《うま》い仕事のやり方ではない。口をつぐんでおいた。

「あの人に、私だけを見てほしいのです。婚約者、やがて妻となり、彼の子の母となる私だけを。そう考える私は傲慢《ごうまん》でしょうか」

キアラは言い、よよと泣き崩れるので、話の先を促すのに大変だった。

「それであなたは、魔術師に何をお求めなのです」

「だから、あの人の心を取り戻したいのです。魔術で何とかなりませんか」

困ったな、と内心でネロは思った。

個人相手の魔術師にはたまにこの手の、心とか気持ちをどうにかしてくれという、ふわふわ～っとした抽象的な依頼が舞い込むことがある。

「心。心、ねえ。うーん。魔術というのは、もうちょっと具体的な目的がないと実行できないんですよ」

「ではたとえば、惚《ほ》れ薬みたいなものは作れませんか？　私の顔を見た瞬間、私だけを愛するようになるとか。そういうの、お話にはよくあるでしょう」

「確かに娯楽小説などではよくありますがね。すみません、精神に作用するような魔術は、法律で禁止されてるんです」

惚れ薬や媚薬《びやく》は、技術的には可能だ。ただこれを悪用する者が後を絶たないことから、たとえ人に向けなくても、そのような魔術を扱うこと自体、法律で禁止されている。

「そんな。それでは私に、浮気性の男に嫁げと仰《おっしゃ》るのですか」

キアラはまた、よよと泣いた。

相手の男は、家同士が決めた婚約者がありながら浮気をしたのだから、本来ならこれは弁護士の領域だ。

ただ、専門外ですと直《ただ》ちに依頼を撥《は》ねのけたくない。魔術師としての信条というより、個人で商売をする者の鉄則だ。

ここで顔を繋《つな》げておけば、もし今回は仕事にならなかったとしても、次に何かあった時に呼んでもらえるかもしれない。

あるいは彼女の友人なり親戚が魔術師に何か頼みたいと思った時、

「お客の相談に親身になってくれる、いい魔術師を知ってるわ。ネロ・ビアンキっていうんだけど」

などと、紹介をしてくれるかもしれない。

そういう算段が頭の中にあったので、ネロもなんとか、キアラの期待に応えようと頭を働かせた。

「つまり目的は、婚約者の浮気癖を直したい、ということでしょうか」

「浮気癖というか、心が私から離れているようなのです。お腹の子のことだって知ってるのに。私にはあの人だけなのに。ずっと、あの人だけを愛してきたんです。でも彼はそうじゃないの。今この時だって、女か男のところにいるんだわ。私の容姿は人並みだけど、彼はとびきり美形なの。とても魅力的で、誰に対しても優しい。私のことだって愛してないのに、優しくしてくれるのよ。とても残酷なの」

ミケーレの話かと思った。とびきり美形で、誰にでも優しい。

でも、ミケーレに婚約者はいないし、さすがに恋人が妊娠していたら、責任を取るだろう。ミケーレはヤリチンだけど、そういうところはちゃんとしている男だ。

ミケーレより最低な男がこの世にいるんだな、とネロは半ば感心した。そして、キアラに同情した。

ネロもミケーレというヤリチンのクズにずっと恋している。ミケーレはネロに対しても優しくて、だからクズでも嫌いになれない。そういう残酷なところも、キアラの婚約者と似ている。

何とかしてあげたいな、と、薄い腹をさする令嬢を見ながら思った。

「お話を聞く限り、キアラ様のお相手はずば抜けて容姿に優れていて、昔から周りの人気者で、これまでの人生負けなし、みたいな方なんですよね」

「ええそう、その通りです。輝く太陽のような方ですわ。私は彼と面と向かい合うと眩しくて、目が開けられなくなりますの」

わかります、とネロはうなずく。ミケーレを正面から見た時、ネロもそうなる。

「惚れ薬は無理ですが。もしかすると、その方の目を覚まさせることができるかもしれません。あなたの深い……真実の愛に気づかせることが」

まあ、とキアラの目が輝いた。真実の愛、という単語が令嬢の胸に響いたらしい。

「どんな魔術ですの」

「重要なのは魔術ではなく、魔術を用いた戦術です。名付けて、『浮気男を真実の愛に目覚めさせるぞ作戦』」

「長いわ」

「まあ聞いてください。ちょっと思いついたんです」

ネロは今、思いついたばかりの作戦を令嬢に話して聞かせた。


「作戦を遂行するにあたっては、あなたにもひと芝居《しばい》していただかなくてはなりません」

ネロはそう、前置きをした。『浮気男を真実の愛に目覚めさせるぞ作戦』。

ミケーレが先日、言っていたのを思い出したのだ。

——僕に寄ってくる相手はみんな、行儀のいい人形みたいな僕が好きなんだ。

モテる男にも悩みはある。自分の内面を見てくれない、ありのままの自分を受け入れてくれないという悩みを、ミケーレは抱えていた。

キアラの婚約者もどうやら同じタイプのようだ。それで、この作戦を思いついたのだ。

「まず、魔術で婚約者の姿を、醜い姿に変えます」

「そんなの嫌よ！」

キアラは金切り声を上げた。耳がキンキンする。ネロは、まあ落ち着いてください、と相手をなだめた。

「一時的にですよ。もちろんすぐに、元の姿に戻せます」

「そんなことができるの。違法じゃないの？」

「それが違法じゃないんです。黒に近い灰色、と言ったところですがね。容姿に関してはまだ、法規制はされてません」

魔術の進歩に法規制が追い付いていない、というのが実情だが、とにかく違法ではない。これは重要だ。

「あまり褒められたやり方でないのは確かです。でもあなたも、浮気男をちょっとくらいギャフンと言わせてやりたいでしょう」

「あなた、私の気持ちがよくおわかりになるのね。もちろん、そんなことができるならやりたいわ」

ネロも、ミケーレのことは好きだけど、あちこちで修羅場になってはうちに逃げてくるのを見ると、一度うんと痛い目を見たほうがいいんじゃないか、と思うことがある。

ただ自分は、ミケーレの友人であって、恋人ではない。彼の浮気について、忠告はしても行動を正す資格などないと思っている。

でもキアラの相手は自分の婚約者だ。正々堂々と浮気を正すことができる。

「婚約者を醜い姿に変える。誰が見ても醜悪で、目を背ける存在に変えるんです。みんな、その男には見向きもしなくなるでしょう。キアラ様、あなた以外は」

「まあ、まあ！」

キアラは興奮して叫んだ。

「私、そういう小説を読んだことがあるわ。みんなが去って行っても、私だけがあの人を愛し続ける。それであの人は、私の深い愛情に気づくというわけね。二人は真実の愛で結ばれ、そして男の魔法が解ける」

「まさに仰る通りです。さすがキアラ様」

ネロもノッていた。二人はうなずき合い、こうして『浮気男を真実の愛に目覚めさせるぞ作戦』が始動したのである。

まず、キアラの婚約者を醜い姿に変える魔術道具を作成した。

「不細工な男では生ぬるい。世の中、むしろ不細工が好きとか、いろんな嗜好の人がいますからね。もう人間ではなく、誰もが目を背ける怪物の姿にしましょう。そのかわりキアラ様、あなたは目を背けてはいけませんよ」

「もちろん、わかってるわ。どんな姿になっても、中身はあの方ですもの」

それから魔術を解く鍵も用意した。

「相手の方が真実の愛に目覚めたら、すぐに魔術を解いてあげてください。いくら相手の方が浮気性とはいえ、いつまでもそのままでは可哀想ですから」

魔術を解く道具は、素人《しろうと》にもわかりやすいよう、文字通り鍵の形にしておいた。

魔術道具を作成する途中、夜は人間に戻るように仕様を変更した。真実の愛に気づくには、時間がかかるかもしれない。

その間ずっと怪物の姿では、本人も何かと不便だろう。

無用な騒ぎにならないよう、婚約者が怪物になっている間は、キアラの屋敷で匿《かくま》ってもらう。その辺りは、キアラ本人に任せることにした。

そうして完成させた魔術道具と鍵とを、キアラに渡したのだった。

「鍵は代わりがないので、なくさないよう大事にしてください。鍵の形をしていますが素材は木製で、火気厳禁です。暖炉のそばには置かないように」

依頼主にくどくどと注意事項を説明したが、キアラはもう今すぐにでも魔術を使いたいようだった。

はしゃいだ彼女を見て、ネロはちょっと不安になったが、その後に涙ぐんで感謝されたし、これであの方と幸せになれる、と言われてほだされた。

残りの報酬をもらいに行った時には、キアラは不在だったので、その後の様子は窺えなかった。それでまた何日かしたら彼女のところへ行き、作戦がどうなったか聞いてみようと思っていたのだ。

まさか、ネロの魔術がミケーレに使われていたなんて。

どうしよう、とネロは青ざめた。ミケーレになんて説明すればいい？

いやそもそも、ミケーレはなぜ着の身着のまま、一人ぼっちでネロのところにやってきたのか。キアラはどうしたのだろう。

異形の怪物となった友人を前に、ネロは混乱するのだった。


『い……犬？　犬だって？　犬ってあの、空想上の怪物のことかい。あの……醜くて凶暴な』

目の前の怪物が、牙をむいた。形は変わったが、人間の言葉を発することはできる。そういうふうに、ネロが設計したからだ。

でもなぜミケーレが？　ミケーレがキアラの婚約者なのか。それとも、婚約の話は嘘だったのか。キアラは何をしているのか。

落ち着けと、ネロは自分に言い聞かせた。とにかく現状を把握しなければ。

「そうその、犬というやつだ」

『僕の知っている犬と違う。本にあった犬は、もっと白くて、毛だって長い。こんな、五分刈りみたいなゴワゴワの茶色い毛じゃない。犬って、ワンワン汚い声で吠えるんだろ。その鳴き声で人間は耳が聞こえなくなるって……』

「落ち着け」

と、今度は友人に向けて言った。まずは四本足で立ち尽くす彼を、暖炉の前の敷布に座らせた。ミケーレはもぞもぞと足を折り曲げて、どうにかその場に伏せた。

「犬は竜なんかと同じ、世界各地に言い伝えられている、空想上の生き物だ。そしてやっぱり竜と同じく、地域によって少しずつ姿が違う」

ネロは隣の仕事部屋に行き、書棚から書物を一冊持ってきた。

本の題名は『世界の怪物事典』。魔術書ではなく、世界の伝承を集めたものだ。今回の魔術道具の参考文献でもある。

「犬の姿は伝承によって様々だ。その性質も。君の姿はこれに似ている。茶色い、芝生《しばふ》みたいに短い毛、角のように尖った三角の耳、蛇のとぐろのごとき巻尾《まきお》。身長……は、本の記述よりだいぶ大きいが」

ネロはページをめくり、犬の目の前に掲げて見せた。似ているも何も、ネロがこの挿絵を参考に作ったのだ。でも今、取り乱すミケーレにそれを告げる勇気がなかった。

「これは東方地域に伝わる犬の姿だそうだ。世界に伝わる犬の中で最も邪悪にして醜悪な、破壊と再生を司《つかさど》る犬……『シヴァ犬』だ」

『シヴァ……犬』

ああ、とシヴァ犬は頭《こうべ》を垂れて嘆いた。

『破壊と再生？　なんて恐ろしい……それに醜い生き物なんだ。僕はこんな姿になったのか？　そのうち、心まで怪物になってしまうんだろうか』

二本の前足で鼻先を覆い、さめざめと泣く。ネロは彼に触れようとしたが、ちょっと怖くて手が出なかった。

ネロ自身、実存させた犬がこんなに恐ろしい怪物だとは思わなかったのだ。

身体中が被毛に覆われているが、猫や兎のモフモフとは違う。ゴワゴワだ。ぐるぐる巻いた尻尾に指を突っ込んだら、吸い込まれて砕かれてしまいそうだった。

「落ち着け、ミケーレ」

それでも勇気を出してシヴァ犬に近づき、彼をなだめた。

「これは魔術によるものだ。魔術は姿は変えられるが、精神を変質させることはできない。

君は君のままだ、ミケーレ。心まで怪物になったりしないよ」

シヴァ犬がじろりとこちらを見た。悲鳴を上げそうになるのをこらえる。恐ろしい口から、『ネロ……』と哀れっぽい声が漏れた。

『解けるなら、この恐ろしい魔術を解いてくれ。頼む、君は魔術師だろう？』

「ああ、もちろんだ。この手の魔術には、必ずこれを解く鍵が存在する。キアラ嬢が魔術をかけたなら、キアラ嬢が持ってるはずなんだ。彼女は今、どうしてる？」

鍵があれば、直ちに魔術は解ける。キアラには申し訳ないが、作戦は中止だ。ミケーレがこんなに傷ついて取り乱しているのだ。早く解いてやりたい。

しかしミケーレは、『知らない』と怒ったように言った。

「知らない？　朝まで彼女と一緒にいたんだろう？　君がシヴァ犬に変わった時、彼女はどうしてたんだ」

『悲鳴を上げてたよ。化け物、って叫んで、下着のままドレスを引っ摑んで逃げていった。たぶん、自分の家に帰ったんだろう』

「え……逃げた？」

わけがわからなかった。『浮気男を真実の愛に目覚めさせるぞ作戦』が台無しだ。

怪物になった相手から目を背けるなと言ったのに、逃げてしまってはどうにもならないではないか。

『彼女が悲鳴を上げて出て行ったから、うちの使用人たちがびっくりして部屋に入ってきたんだ』

主人を心配して寝室にやってきたが、主人の姿はなく、代わりに毛むくじゃらのおぞましい怪物がいた。

『僕は、ミケーレだと訴えたんだ。でも、誰も信じてくれなかった』

執事が警備隊を呼びに行くのを見て、ミケーレは慌てて逃げ出した。だがすぐに後悔した。早朝、貴族たちはまだ眠りの中で、通りを行きかうのは労働者ばかりだったが、ミケーレの姿を見ると悲鳴を上げて逃げ惑った。

ミケーレは急いで、近くにある恋人の屋敷に逃げ込もうとした。キアラではない、別の恋人だ。けれどももちろん、屋敷の使用人は怪物など取り次いではくれず、またもや警備隊を呼びに行かれた。

それからはずっと、逃げ続けた。街中を行くと、怯えた人々から石を投げられたり、棒で追い払われたりした。警備隊に見つかると、剣を抜かれて斬りかかられた。銃を構えるものもいた。

もう街にはいられない。ミケーレは一縷の望みを抱き、ネロの家へと向かった。

どうにか街の外れまでたどり着き、さらに郊外へと走り、また人に見つかりそうになって、林や草地の岩陰に身を潜めた。

太陽がてっぺんに昇る頃になって、ようやくネロの家に着いたが、ネロは不在だった。ミケーレは、ネロの家の近くの原生林に身を隠し、ネロを待ち続けた。

郊外だから滅多に人は通らないが、誰かに見つかったらと思うと恐ろしい。

そうして日が暮れても、ネロは戻ってこなかった。ただ、日が沈むと同時に、ミケーレの身体は人間の姿に戻っていた。

『迷惑をかけてごめん。でももう、君だけが頼りなんだ。どうか助けてくれ』

ミケーレの憐《あわ》れな声に、ネロは胸がズキズキと痛んだ。

(謝ることなんてない。これは俺のせいなんだ)

言葉が、喉まで出かかった。でも、すんでのところで飲み込んでしまう。

作戦なんて立てなければよかった。ミケーレは警備隊を呼ばれ、危うく殺されるところだったのだ。

自分が軽率に起こした行動が、とんでもない結果になってしまった。

すべての責任は自分にあるのだと、ここで口にする勇気が出ない。

「大丈夫だよ、ミケーレ。今日これからさっそく、キアラ嬢のところに行ってくる。彼女は鍵を持ってるはずだから。鍵さえ手に入ればこんな魔術、すぐに解けるさ。それまで君はここで、休んでいるといい」

やましさを誤魔化すために、親切ごかしな言葉が口をついて出た。シヴァ犬のミケーレは、そんなネロをハッとしたように見る。

『ネロ……ありがとう。ありがとう』

真っ黒い空洞のような目からはもう、涙は出なかったが、深く感じ入っているようだった。

「……いいんだよ」

ネロは、へらっと卑屈な笑いを浮かべる。

そんな自分が、嫌でたまらない。

ネロは身支度を終えるとすぐ、隣のキノコ農家まで行き、馬を借りた。馬車を呼ぶより速いからだ。

乗馬は高校の体育の授業と、大学の選択授業で習ったので、どうにかできる。馬を借りる代わりに買い出しを請け負い、ネロは街まで急いだ。

キアラの屋敷は、いちおうミケーレから聞いた。聞くまでもなく知っていたが、もしかして別人ではないかと、この期に及んで卑怯《ひきょう》な望みを抱いていたのだ。

もちろん、そんな偶然はなくて、キアラはネロの顧客、キアラ・ディ・ロッシだった。

「何しに来たの」

ネロを見るなり、キアラは迷惑そうな、蠅《はえ》でも見るような顔をした。先日とはだいぶ態度が違う。

ネロは客間に通されていたが、最初は門前払いされかけた。昨日、報酬をくれた執事が出てきて、「お嬢様はもう、あなたとはお会いになりません」と素っ気なく言い放ったのだ。そのまま去っていこうとするから、「ミケーレ・アレグリの件で話がある」と言い、会ってくれないと警備隊とアレグリ伯爵家に訴える、と脅した。

ずいぶん待たされて中に通され、さらに待たされてようやく、キアラが現れたのだ。彼女は寝間着同然の姿で、おまけに酒臭かった。

「どうして逃げ出したりしたんです。作戦が台無しじゃないですか」

ネロは思わず言った。キアラは、どうしてお前が知っているのだ、というように目を見開いて睨みつけてから、

「あなた、ミケーレの知り合いなの」

と、こちらを窺うように目を細めた。

「高校の同級生です。あなたの相手がミケーレだとは知らなくて、俺も驚きました」

話を続けようとした時、侍女がお茶を持ってきたので、ネロは黙った。キアラは自分の前に出されたティーカップを乱暴に押しのけ、「お酒にしてちょうだい」と言った。

もうじゅうぶん酒臭いのに、まだ飲むのか。

「あの……差し出たことを言うようですが、お酒はお腹の子によくないかと」

心配になって恐る恐る口を出す。途端にものすごい形相《ぎょうそう》で睨まれたので、思わず「すみません」と謝ってしまった。

「は？　馬鹿にしてんの？　お腹の子なんていないわよ。もしいたら、迷わずミケーレに結婚を迫ってるわ。それくらいのこと、考えてわからない？」

妊娠も婚約も嘘だったらしい。捲《まく》し立てられて、また「すみません」と謝った。

「でもあの、それなら作戦は」

「作戦！　あんなの中止よ、中止。決まってるでしょ。あんなに気持ちの悪い怪物になるなんて聞いてないわ」

「いや、言いましたけど……って、何でもないです。すみません」

普通に話したいのだが、いちいち睨んでくるので怖い。キアラは侍女が持ってきた酒を呷《あお》ると、酒臭いため息をついた。

「もうね、ミケーレのことはいいの」

妙にサバサバした口調で、キアラは言った。

「いい、とは？」

「もう愛してないのよ。百年の恋も冷めるって、このことね。あの気持ち悪い姿を見た途端、恋の炎が大量の水をかけられたみたいに、たちまち消えてしまったの。私が愛したミケーレはもういない。いえ、なんで私、あんな下半身ゆるゆるの浮気男にあそこまで首ったけだったのかしら。愛してたと思ってたのは、気のせいだったんだわ」

「そんな」

あれだけ、自分にはあの人しかいない、と言っていたのに。

「恋が冷めたら、憎しみが押し寄せてきたの。あの人、私の友達ともヤッてたのよ。それから私の元カレとも、その元カレの元カノとも！」

「え……」

どれだけ繋がってるんだ。さすがにネロも「それはひどいですね」と言ってしまった。

「そうよ、最低のヤリチンクズだったの。あの男がいいのは顔だけよ。あっちも良かったけど、それだけ」

でも、友人思いの優しい男なんですよ、などとここで反論するのは、相手を逆なでするのでやめておく。それより、肝心なことをまだ聞いていない。

「それであの、俺が渡した鍵はどこにありますか。魔術を解く鍵です」

「捨てたわ」

放るように言われて、ギョッとした。

「え、捨てた？」

「捨てたっていうか、暖炉で燃やしたの。だからもうない」

きっぱりと、キアラは言い切った。ネロは青ざめる。

「そ……そんな。あれがないと、ミケーレは元に戻れないんです」

同じ鍵は二つとない。替えがないと言ったのに。

キアラはまた、嘘をついているのではないだろうか。そう思って縋るように彼女を見たけれど、返ってきたのは歪んだ嘲笑《ちょうしょう》だった。

「ざまあみろだわ。他の恋人と別れろって、私が何度も言ったのに、別れないからよ。自業自得だわ」

それはその通りかもしれない。ミケーレは確かに、気ままに浮名を流しすぎた。ミケーレと同じ考えの相手もいたかもしれないが、キアラのように本気になって傷ついた相手もいたはずだ。

でも、このままではミケーレは、社会的に抹殺されてしまう。人間としての生を奪われてしまう。

「あの、鍵は、本当に燃えてしまいましたか？　ほんの少しでも、何か残っていたら……」

「しつこいわね。ぜんぶ燃えて灰になったわよ！　おまけに気味が悪いから、燃やした灰もぜんぶ捨てさせたわ。何一つ残ってない。私の恋と同じ。あんなに愛していたのに！」

ああ、この人はやはり、ミケーレを心から愛していたのだ。悲痛に叫ぶキアラを見て、ネロはそう思った。

自分がおかしな作戦など立てたせいで、キアラまで傷つけてしまった。

しかし、ネロが慰めや謝罪の言葉を探す間に、キアラは「あーっ」と苛立《いらだ》ったように叫んで髪を掻きむしった。

「どうして私の周りはクズみたいな男しかいないの？　裕福で地位のある男は大抵ブサイクで、顔で選んだ男は貧乏ときてる。おまけに頭がスカスカとかね！　やっとぜんぶ揃《そろ》ってる男を見つけたと思ったのに、今度は下半身ゆるゆるの遊び人！　どうしてなの？　どうして私の理想の男が私の周りにはいないの？　ねえ、どうしてよ！」

まくし立てられ、ネロは言葉を見つける暇もなかった。

そのうちキアラが興奮のあまり、「ヒギイィーッ」とか「ウオエェエーッ」とか絶叫しはじめたので、すっかり恐ろしくなってしまった。

やがて騒ぎを聞いた侍女が駆けつけ、キアラに気付け薬を飲ませた。それから椅子に縮こまって震えているネロを振り返り、「もうお帰り下さい」と言う。

ネロは這々《ほうほう》の体《てい》でキアラの屋敷を逃げ出した。

令嬢の怪物のような奇声に怯え、魔法を解く鍵を失ったことに激しく動揺しつつも、ネロはどうにか頭を働かせ、ミケーレの自宅へ向かった。

怪物が出没して警備隊を呼んだという。おまけに主人が寝室から消えたのだから、さぞ大騒ぎになっているに違いない。状況を確認しておこうと思ったのだ。

行ってみるとミケーレの屋敷は、普段の通りで何も変わらなかった。

警備隊の姿もなく、ネロを取り次いだ使用人も何事もなかったような顔をして、「主人はあいにく不在にしておりまして」と、さも小用で出かけているふうに言う。

ネロは、ミケーレの不在と今朝の出来事を知っていること、この屋敷の執事に会わせてほしいと頼んだ。

しばらくして屋敷の客間に通され、執事が現れた。

彼も完璧に普段通り振る舞っていたが、ミケーレが無事で、今はネロの家にいると言うと、無表情を崩して安堵の顔を見せた。

「早朝から化け物は出るし、旦那様はいなくなるしで、私どもも何が何やら」

逃げ出したキアラに事情を聞こうと、彼女の屋敷に使いをやったが、知らない、昨日はミケーレの家になんか行っていないととぼけられ、何も聞き出せなかったという。

「警備隊には、主人の不在に化け物が出たと申しておきました」

ミケーレが未婚の貴族女性と一晩過ごしたことや、その寝室に化け物が出たこと、当の主人がいなくなったなどと知られたら、世間体が悪い。

ミケーレの商会の名に傷がつくし、本人が戻った時にバツの悪い思いをするだろうからだ。ネロは執事の機転に感謝した。とはいえ、ミケーレが化け物になったとは言いづらい。

そこで、事実をだいぶ脚色することにした。

「化け物の正体はわかりませんが、恐らく魔術によるものです。ミケーレは、化け物の出現がキアラ嬢の仕業だと思い、また彼女の想いが恐ろしくなって、例によって我が家に逃げてきたんです」

すらすらと嘘を吐《つ》く自分に幾度目かの自己嫌悪を覚えたものの、執事はネロの言葉をすんなり信じた。ミケーレが色恋沙汰《ざた》から逃げてネロの家に行くのは、いつものことだ。

主人をよろしく頼みますと言い、ミケーレの滞在に必要なお金を渡そうとするから、断った。かわりにミケーレの着替えや身の回りのものを揃えてもらう。裸のまま飛び出して、ミケーレは下着の替え一つ持っていない。

執事はすぐに主人の荷物をまとめた。

「いつもご迷惑をおかけしますが、主人をよろしくお願い致します」

丁寧に頭を下げる執事に、罪悪感が募った。こうなった原因の二割はキアラで、残りはネロのせいだ。

ネロは屋敷を出ると、キノコ農家から頼まれた買い出しと、ついでに自分の家の食料も買い足して、荷物を馬に載せた。

自分が乗る場所はなくなったので、帰りは馬を引いて徒歩で行く。その足取りは重い。大変なことになった。魔術を解く鍵が燃やされたなんて。それでは今すぐ、魔術を解くことができない。

「俺の馬鹿。なんてことをしてしまったんだ。お前は最低最悪の魔術師だ」

そんなふうに自分を責めてみても、事態は一向に解決しない。

隣家に馬を返して礼を言い、ミケーレの荷物と買い出しの袋を持って家に戻る頃には、日もすっかり暮れていた。

「お帰り、どうだった？　鍵はあったかい」

夜になり、ミケーレは人間に戻っていた。しかし、昨日からの出来事ですっかり憔悴《しょうすい》している。ネロが渡した寝間着のままだし、ぼさぼさの髪に無精ヒゲだ。

ネロは、キアラが鍵を持っていたこと、けれどそれを燃やしてしまったことを打ち明けた。

ミケーレは残酷な現実を受け止めきれなかったのか、しばらくぼんやりしていた。それから額《ひたい》に手を当てて「ちくしょう」とつぶやく。

その緑灰色の瞳が、怒りとも憎しみとも取れる光でギラついていて、ネロは気圧《けお》された。

「ってことはつまり、やっぱりこれは魔術による呪いってことだな。キアラはわざわざ、魔術師に頼んで僕に復讐しようとしたんだ。なんてひどい」

「いや、復讐ってわけじゃないかもしれないよ」

本当の目的は、ミケーレの浮気性を直すためだったのだ。しかしミケーレは、およそ彼らしからぬ恐ろしい眼力でネロを睨んだ。

「こんなひどいこと、復讐以外に何があるって言うんだ?」

「ご、ごめん」

ミケーレが復讐だと考えるのも無理はない。ネロがしゅんとすると、ミケーレは我に返ったように慌てた。

「こっちこそごめん、気が立ってたみたいだ。君に八つ当たりしてしまった」

「無理もないよ」

ネロも慌てて何でもないと返すと、今度はミケーレがしゅんとした。

「ううん、僕はあんな姿になって、心まで浅ましくなったみたいだ。何一つ悪くない、それどころか恩人の君に、八つ当たりするなんて」

恩人、なんて言われて、ネロは罪悪感に苛《さいな》まれた。

「君だって何も悪くない。いや、不誠実なところはよくなかったかもしれないけど、それとこれとは別だ。だから悪いのは、こんな呪いの魔術を作った魔術師なんだよ」

そして、それはこの俺だ。そんなセリフが喉まで出かかった。勇気を出せ、本当のことを言うんだと自分を奮い立たせようとしていた時、ミケーレが地を這うような低く怒気を含んだ声で答えた。

「その通り、悪いのはキアラが雇った魔術師だ。そもそも他人の姿を変えるなんて違法じゃないのか？」

「そ、それは、ギリギリ合法、らしいよ」

ネロが小さな声で応じると、「だとしても」とやっぱり怒った声で言う。

「魔術を悪用するなんて。世の中には君のような立派な魔術師ばかりじゃないんだな。非合法ギリギリの魔術を使って貴族の令嬢から大金をせしめる、悪い魔術師もいるんだ。魔術師の風上《かざかみ》にもおけない。君もそう思わないか、ネロ？」

「………うん」

それきりもう、ネロは本当のことを打ち明ける勇気を失ってしまった。

とはいえ、ミケーレをどうにかして元の姿に戻さなくてはならない。

予備の鍵を作っておけば良かったと思うが、それはそれでまた面倒なのだ。

「基本的に魔術を解く鍵は、一つの魔術に一つ。ただ、まったく解けないわけじゃない。時間はかかるが、一から鍵を作り直すことはできる」

ネロの言葉を聞いた途端、ミケーレの表情がぱあっと明るくなった。

「ほ……本当に？」

「ああ。ただ一日二日、ってわけにはいかない。たとえ魔術を作った本人でも、魔術はかけるより解くほうが難しいんだ。特にこの魔術は癖があって……いや、とにかく半月、ことによるとひと月近くかかるかもしれない」

ひと月、と聞いてミケーレは呆然《ぼうぜん》としたが、素早く立ち直った。

「でも、不可能ではないんだね？　ネロ、君なら魔術を解くことができる？」

「もちろんだ。時間はかかるが、必ず絶対、解いてみせる」

できるだけ早く。ネロがうなずくと、ミケーレは涙ぐんでネロの手を取った。

「ネロ、頼む。鍵を作ってくれ。正式に依頼する。報酬はいくらでも払う。だからどうか」

「落ち着けって。もとからそのつもりだ。報酬なんていらない」

犯人は自分だと、黙っているだけでも胸がズキズキするのに、報酬なんてもらったら罪悪感で心臓が押しつぶされそうだ。

「報酬はいらない。そのかわり……」

真実を知っても、友達でいてほしい。

その言葉を、ネロは飲み込んだ。そんなことを頼むなんて、虫が良すぎる。

友人がいぶかしげに「ネロ？」と覗き込むのに、何でもないとかぶりを振った。

「俺は必ず、君にかかった魔術を解いてみせる。それまでこの家でゆっくりしてくれ。昼の姿で街に行ったら、また警備隊を呼ばれてしまうからな」

ミケーレはネロの手を握ったまま、またもや涙ぐむ。

「ネロ。ありがとう。君は僕の最高の友人で、恩人だ」

「やめてくれ」

本当は、友達でいる資格なんてもうないのに。

でもどのみち、ミケーレが怪物でいる間は、この家にいなくてはならない。今、真実を打ち明けたら、ミケーレは憎い相手と何日も一つ屋根の下で過ごすことになる。それも気詰まりだろう。

だから今は、本当のことを黙っていよう。

卑怯な言い訳だと自覚しつつ、ネロはそんなふうに罪悪感と折り合いをつけるのだった。


こうしてネロは、シヴァ犬になったミケーレと同居する傍ら、その魔術を解く作業をすることになった。

考えていた通り、これはなかなか骨の折れる仕事だった。

そもそも、魔術を解くのは面倒な作業だ。そして、今回の依頼は依頼主のごく私的な事情に関わる案件だったため、依頼の完了とともに、設計書などをすべて処分してしまっていた。

魔術を実装したのはネロ自身なので、どうやって作ったのか大まかな情報は頭の中にあるけれど、思い出しながら鍵を作るのは難しい。

それでも不可能ではない。懸命に作業を続ければ必ず解決策が見つかる、というのは、この状況でせめてもの救いだった。

とにかく、何を置いても鍵を作ることを優先し、一日も早くミケーレを元に戻すのだ。

ネロはその日からバリバリ作業をしようと思ったが、体力が続かなかった。

ミケーレが逃げてきた夜から一睡もせず、街と家とを往復したのだ。帰宅後、ミケーレに事の次第を報告し、鍵を作ると約束した後、遅い夕食を作ろうと思ったのだが、途中で眠ってしまったらしい。

気づくと自分のベッドに寝かされていて、窓の外では太陽が真上まで昇っていた。

隣の部屋を覗くとミケーレの姿はなく、シヴァ犬が一階の居室の暖炉の前にうずくまっていた。

犬は眠っているのかと思ったが、起きていた。

『おはよう、ネロ。起き抜けに、こんな醜い姿でごめんよ』

ネロが下りてくると、ミケーレは申し訳なさそうに言い、茶色い身体を窮屈そうに縮めた。

「そんなふうに言うなよ。もうだいぶ見慣れたし、怖くない」

悲しい気持ちになり、きっぱり言った。するとシヴァ犬の鼻の奥からキュウン、と甲高《かんだか》い音がした。巻いた尻尾がパタパタと揺れる。

『あ、ごめん。なんかひとりでに尻尾が動くんだ』

ミケーレは気がかりそうに後ろを振り返ったが、自分の意思ではどうにもならないようだった。どうやら感情に連動して、耳や尻尾が動いたり、鼻が鳴ったりするらしい。耳も動く。どうにも獣じみているが、それ以外は変わったところはなかった。

ネロが昨日、いつの間にか眠ってしまったこと、ミケーレが二階に運んだことを教えてくれた。

「ごめん、いろいろ不自由だっただろ」

『いや、勝手知ったるネロの家だからね。食事をして、風呂も入らせてもらった。君こそ疲れてたんだろう。徹夜に付き合わせた上に、一日中連絡係をさせたんだから。本当にごめんよ。身体は大丈夫かい？』

一日経って、少しだけ自分の置かれている状況を受け入れたらしい。こんなおぞましい姿になっても、やっぱりミケーレはミケーレだった。心配そうにネロを覗き込む。

その真っ黒い大きな瞳と、濡《ぬ》れた鼻先がまだ少し怖かったが、表情に出さないくらいには慣れてきていた。

「ああ。ぐっすり眠って、頭がすっきりしてるよ。ミケーレこそ、ちゃんと眠れた？　まさか昨日の晩からずっと、ここにいたんじゃないだろう」

まさかそんなことはないだろうと思っていたのに、その通りだった。ミケーレは二階では眠らず、一晩中ここにいてウトウトしていたらしい。

『夜しか人間の姿でいられないと思うと、寝るのがもったいない気がして』

それなら今からでも、上に行って寝てきた方がいい。そう言ったのだが、ミケーレは悲しそうに首を横に振った。

『昨日、気づいたんだけど。シヴァ犬ってこんな短い毛なのに、すごく毛が抜けるんだ。中年男の抜け毛より激しい。あまり動き回って、君の家を汚さない方がいいと思って』

それで、一つのところにじっとしていたらしい。そう言われれば確かに、ミケーレの周りの床には、うっすらと茶色い被毛が落ちていた。

「抜け毛って……」

以前、知り合いが猫を飼い始めた時、信じられないくらいあちこちに猫の毛が飛び散る、と言っていたっけ。そう言う知人の服もすでに、猫の毛だらけだった。ああいう感じか。

「ミケーレ。そんなに細かく気をつかっていたら、君の身体がもたないよ」

何時間もその場でうずくまっていただろうシヴァ犬に、ネロはそうっと触れた。表面はゴワッとして、でも被毛に手を埋めると、中はモフッとしている。

大丈夫、怪物じゃない。これは猫と同じモフモフの一種だと言い聞かせた。

「昨日も言ったけど、事によったら君はあと何週間もその姿で、ここにいなきゃならないんだ。今からそんなに気をつかってたら、参ってしまうだろう。もっといつも通りにしてろよ」

『いつも通り……』

「そうだ。君はいつだって、俺の都合にお構いなしにやってくるじゃないか。まあ、たくさん手土産や食料を持って来てくれるから、俺も助かるし楽しいんだけどさ。昼の間はちょっと図体《ずうたい》が大きいが、それでも君は君だ。今さら、おかしな気をつかうな」

『ネロ。うん……うん。ありがとう。……本当は、ここで寝るのは少し悲しかったんだ』

シヴァ犬が最後の言葉をぽつりとつぶやくのに、ネロは胸が苦しくなった。

「じゃあ、今からでもゆっくり寝てこい」

それでも、軽い口調で言うと、犬は『うん』と素直にうなずいた。狭くて急な階段を、トコトコと窮屈そうな足取りで上っていく。

いつもクルッと勢いよく巻いている尻尾が、今はどういうわけか、だらんと垂れて足の間に挟まっていた。

（大丈夫かな、ミケーレ）

昨日の、この世の終わりみたいな顔をしていた時から比べると、精神状態は少し落ち着いたようだ。

でもその分、あれこれ考えて不安は大きくなっているのではないだろうか。

ネロもまた、気持ちが落ち着くと不安がこみあげてきていた。

これから鍵が完成するまでの間、ミケーレと同居生活を送るのだ。いつもの、たかだか数泊の滞在とは違う。

好きな人と二人きり。それ以前に、ネロは家族以外と暮らしたことがない。学校の寮だって個室で、同じ寮の学生とはほとんど交流がなかった。

一人暮らしが長いから、友人と同居なんてやっていけるか不安で仕方がない。

ミケーレがもう少し周りを見る余裕ができてきたら、この家がろくに掃除をされていないことに気づくだろう。

水回りはまだちょっと気をつかっているけど、どの部屋もだいぶ汚い。例外はミケーレの部屋くらいだ。

こいつ、汚くてだらしない奴だな、とミケーレに思われないだろうか。

（鍵作りの前に、掃除しとくか？）

気にし始めると、どこもかしこも家が汚いのが気になって、とりあえず一階の居室を掃除した。それだけで時間がかかってしまう。

しかも、慣れないことをしたので、一部屋掃除しただけでぐったり疲れてしまった。

そういえば、洗濯物も溜《た》まっていたっけな、と思った時には日が傾きかけていて、今度は食事の支度が気にかかり始めた。

ミケーレは普段、どんな食事をしているのだろう。ネロといる時はネロに合わせているが、何しろ貴族のお坊ちゃまだ。平民の質素な食事なんて、毎日食べていたら嫌になるのではないだろうか。

（どうしよう……。でも高級食材なんてうちにはないし。買いに行くか？　今から？）

とりあえず、今日のところは家にある食材でなるべく豪華な食事を作ることにする。

でも、普段は料理なんて必要最低限しかできないから、ご馳走《ちそう》なんて作れない。二階の自分の部屋に行って、以前に気まぐれに買った料理の本と首っ引きで料理をし、それで数時間を費やした。

どうにか夕食の支度はできたのだが、そこでふと、自分は今日、一分たりとも鍵作りに携わっていないことに気がついた。

何よりも優先しなくてはならないことなのに、今日一日、何もしていない。

「ああ……。俺のバカ。掃除とか料理とかしてる場合じゃないだろうが」

ミケーレは鍵ができるのを、今か今かと待っているというのに。

「ちくしょう、俺ってやつはいつもこうだ」

落ち込んだ。こんなんじゃ、いつまで経っても鍵はできないではないか。そもそもの原因はネロ自身なのに。おまけにミケーレに本当のことを言えず、騙《だま》したままだし。

「ああああ。俺ってやつは……ああああ」

今日の失敗が呼び水になり、昨日発覚した自分の罪を思い出す。ひどい自己嫌悪に陥って、そうすると芋《いも》づる式に、関係のない過去の自分の愚行や失敗が蘇《よみがえ》ってきた。

普段は忘れている、昔のあれやこれやを思い出し、またさらに深く落ち込む。

もう昔のことなので、思い出したってどうにもならないのだが、グズグズ考えてしまうのがネロの悪い癖だ。

「俺はクソだ。クソ虫だ。このクソ虫野郎。うおおお」

つい、一人暮らしの時の癖で、頭を抱えて独り言をわめき、ゴロゴロと床に転がった。

ミケーレが人の姿になって下りてきたのは、ちょうどそんな時だった。

「ネロっ？　どうしたんだ、何があった！」

血相を変えて階段から下りてくる友人を見て、そういえばミケーレがいたんだっけと思い出す。

友人に奇行を見られてしまい、猛烈に恥ずかしくなった。もう死にたい。

「大丈夫か、ネロ。頭でも打ったのか」

ミケーレは純粋に心配をしてくれる。ネロはいたたまれず、床に転がったまま両手で顔を覆い、「いや、問題ない」と、極力冷静な声を出した。

「問題ない？　いや、あるよ。床に倒れたりして。病院に行こう。今なら僕も医者を呼べるから、走って街まで……」

本当に駆け出しそうな勢いだったので、ネロはむくっと起き上がった。

「本当に大丈夫だから。ただちょっとばかり、ひどい自己嫌悪に陥っていただけだ。あるだろう、君にも。思い出したくない過去の失敗を思い出して、悶《もだ》えることが」

「え……まあ、自己嫌悪はあるけど」

それでなぜ床に転がるのか、根が陽気なミケーレには理解できないようだった。

しばらく心配そうにネロを見ていたが、無事だとわかると今度は、テーブルの上のご馳走に目を瞠った。

「すごい！　ご馳走だね。手が込んでる。時間がかかったんじゃない？」

ミケーレは労《ねぎら》いの言葉をかけてくれたのだろうが、最後の言葉にまた、ネロはずーんと落ち込んだ。

「そうなんだ。ずいぶん時間がかかってしまった。ごめん」

「え、ごめん？　僕はご馳走だと嬉しいけど。あ、部屋も綺麗になってる」

「……本当にすまない」

無邪気な声に一層落ち込んだ。雑事にかかりきりになり、鍵を作る作業をしていないとネロが告げると、ミケーレはずいぶん驚いていた。

「それで、自己嫌悪で床を転がり回ってたの？」

てっきり、ひどいよ、と不満の一つでも漏らすだろうと思ったが、ミケーレから返ってきた言葉は、こちらの想像とまるで違っていた。

「昼間、ネロが言ってた通りだね。細かいことに気をつかっていたら、身がもたない」

きょとんとしているネロを見て、太陽のような微笑みを向ける。

「でもそれでどうして、ネロが落ち込む必要があるんだい。ぜんぶ僕のためにしてくれたことなのに。すごく嬉しいよ。ありがとう、ネロ」

ミケーレの全開の笑顔を久々に見た。

「ふおっ」

美しくて眩しい。目が潰れそうだ。

「冷めないうちに食べてもいい？　お腹がぺこぺこなんだ」

明るい声に促され、ネロも食卓に着いた。しかし、一口料理を食べてまた落ち込む。何時間もかけて作った料理なのに、どれもあまり美味しくなかった。食べられなくはない、という程度だ。

「ごめんよ、ミケーレ。舌の肥えた君には辛《つら》いだろ。燻製肉か、瓶詰を持ってこようか」

ネロは恐る恐る言ったが、ミケーレは「どうして？　美味しいよ」と微笑む。

「そりゃ、本職の料理人にはかなわないけどさ。じゅうぶん美味しいよ。それにネロがご馳走を作ってくれるなんて、初めてじゃないか？　嬉しいな」

言ってミケーレは、美味しそうにパクパク食べる。数時間の苦労が報われ、ネロの胸はじんわり温かくなった。

容姿が優れていて、お金持ちだというだけじゃない。こういうところがミケーレが誰からも愛される理由だ。

「モテるわけだよな」

喜びと照れを隠したせいで、不貞腐れた口調になってしまった。ミケーレは苦笑していた。

食後のお茶は、自分がやるよと言って、ミケーレが淹《い》れてくれた。

「君も言ってたけど、確かに、お互いに気をつかっていたら身がもたないよね」

掃除や料理のことを言っているのだろう。気をつかうなと言った本人が気をつかいすぎてしまった。

「だから僕も、変に気をつかうのはやめる。僕がオドオドしてたら、ネロも気をつかうだろうし」

穏やかで押しつけがましくない、でもきっぱりとした口調は、いつものミケーレのものだった。

「僕は居候《いそうろう》だ。今まで君が自由に暮らしていた住処《すみか》に邪魔するんだ。君は他人と同居するなんて息が詰まるって言ってただろう？　なのに僕が困っているからと、受け容れてくれた。何も気をつかう必要はないんだよ」

「いや、あれは……」

以前、二人で酔っぱらった時に何気なく言ったことだが、ミケーレは覚えていたのだ。

相当酔っていたから、記憶にないと思っていたのに。

「ちなみに僕が普段家で食べているものは、ネロと変わらないんだよ。ご馳走を食べるのは晩餐会《ばんさんかい》とか、誰かのお宅に招かれる時だけだ。部屋だって別に、汚くても気にならない。だいたい、高校時代にネロが住んでた寮なんて、もっと混とんとしてなかった？」

「う……そうだっけ」

寮はこの家より古くて汚かったので、ネロの部屋も必然的に汚くなった。ミケーレが遊びに来たのは数えるほどだが、最初はちょっと驚いていた気がする。

「でも、気にするなって言っても気になるよね。だから、家のことは僕がやる。いや、やらせてください」

「ええっ？」

予想外の提案に、耳を疑った。冗談かと思ったが、本気だったようだ。

「掃除に夕食、あと夜のうちに、ネロの朝食兼昼食を作っておく。洗濯は夜明け前に済ませて干すことになるけど、構わないよね。洗濯物を取り込むのと買い出しはできないから、そこはネロに頼ってしまうけど。君にここまで迷惑をかけてるんだ。それくらいさせてほしい」

ミケーレ自身、友人に面倒をかけているという負い目があるのだろう。ただ毎日をダラダラして過ごすのではなく、何かしたいと考えるのは当然のことだ。

ミケーレが緩いのは下半身だけで、根はわりと真面目《まじめ》なのである。

それにしたって、生まれた時から使用人にかしずかれてきたミケーレが、使用人の真似事《まねごと》だなんて。

「いや、無理だろ」

ネロは思わず言った。そんなことさせられない、というのもあるが、掃除や洗濯なんて、お坊ちゃん育ちの彼はしたことがないのではないか。

しかしミケーレは、ニヤッと笑った。

「言ったな。じゃあ賭けてみようよ。ほら、学生の時によくやっただろ？」

負けた方が一回だけ、勝った方の言うことを何でも聞く。

賭けと言っても、他愛のないものだ。次に目の前を通るのは男か女か、とか、ゴミ箱にゴミを投げて入るか入らないか、なんて馬鹿馬鹿しい、どうでもいいこと。

言うことを聞くというのも、飲み物を奢るとか、教師の前でその教師の物まねをするとか、そんなことばかりだった気がする。

「僕がちゃんと、家事をできるかできないか。とりあえず三日。三日後にはそうだな、この居室と、水場と厠《かわや》をすっかり綺麗にする。それから洗濯物も溜めず、食事もちゃんと調理したものを出すと約束する。どれか一つでも遂行できなかったら君の勝ちだ。どう？」

いたずらっぽく煌めく緑灰色の瞳に、ネロは思わず見とれた。

「いいよ」

ドキドキする胸を押さえ、ネロはうなずいた。

「ちゃんとできてるかどうか、三日後に点検してやる。お貴族様だからって、手加減しないからな」

「よし、決まり。ネロに何をしてもらうか、今から考えておかなくちゃ」

ふふっと笑って、ミケーレは軽く片目をつぶってみせる。キザっぽい仕草がこれまたカッコいいのだ。

（俺の心臓がもつかな）

自己嫌悪は去り、なんだかワクワクしてきたけれど、ネロの脳裏にはまた別の心配が過《よ》ぎるのだった。


持ってるやつは、なんでも持ってる。できる男は、なんでもできる。

賭けを始めて三日後、ネロが思いついた格言である。

掃除や洗濯の仕方なんてわからないだろ、と高をくくっていたのだが、翌日、昼頃目覚めると、何やら昨日以上に居室が綺麗になっていた。

裏庭の物干しには洗濯物がはためいていて、居室のテーブルの上に、布巾をかぶせた籠が載っていた。

ネロの朝食兼昼食だ。パンにバターを塗り、燻製肉と野菜を挟んだだけのものだが、それだけなのにすごく美味しかった。

「わかった。僕が寝ている間に、君んちの使用人を呼んだんだろう」

日が暮れて、人の姿で起きてきたミケーレに、ネロは言った。

すべてはネロが眠っている間に終わっていたので、にわかには信じられなかった。

ミケーレは綺麗にヒゲを剃《そ》り、手櫛で簡単に髪を整えた姿で「惜しい、はずれ」と魅力的に笑った。

「伝書鳩で、執事に聞いたんだ。掃除と洗濯、それに僕でもできる料理の作り方をいくつか。調理法はまた追って送ってくれるそうだから、何度も同じ料理は食べさせないよ」

執事がまとめてくれた荷物の中に、伝書鳩が入っていたので、それで無事を知らせて連絡を取り合っていたそうだ。

「やり方を教えてもらうくらいは、規則違反じゃないよね。許容範囲だろ？」

「それは、まあ」

「疑うなら今から、僕がやってる証拠を見せるよ」

そうしてミケーレは、夕食を作ってくれた。特別豪華ではなく、ネロがいつも食べているような野菜と肉の煮込みだ。

でもやっぱりこれも、ネロが作るものよりずっと美味しかった。

「君はすごいな」

お坊ちゃん育ちだというのに、ここまで完璧に家事がこなせるなんて。

「いや、しかし今日一日だけでは何とも言えないな。家事というのは毎日やってこそだからな。俺は毎日やらないけど」

あっさり負けを認めそうになって、慌てて気を取り直した。ネロが言うと、ミケーレは楽しそうに笑う。

「いいよ。見ててくれ。三日後の賭けは僕が勝つから」

結果として、ミケーレは三日間、完璧に家事をこなしたのだが、おかげで家はあちこちピカピカになったし、お互いに気をつかってぎこちなくなっていた空気が、賭けを持ち出したことですっかり元通りになった。

そして賭けに勝ったミケーレは、すぐに何かを要求することはなかった。

「ネロに何をしてもらうか考えておく」

いたずらっぽい表情と共に言い、またもやネロをドキドキさせたものだ。

ネロも、ミケーレが頑張ってくれたのだからと、鍵作りに勤《いそ》しんだ。

同居生活を始めて四、五日も経つと、二人の暮らしは何となく生活習慣が定まってきた。

昼は犬になってしまうミケーレは、夜中心の生活に変えたが、ネロがもともと夜型なのであまりすれ違うことはない。

二人は毎日、夜明けと共に眠る。ネロはお昼過ぎに起き、ミケーレが作っておいてくれた軽食を食べて鍵の仕事に取り掛かり、そのまま夕食の時間まで仕事部屋に閉じこもっている。

ミケーレはネロよりややゆっくり起きて、犬の姿でも食べられる簡単な食事を摂り、街道からは目に付かない裏庭で散歩をしたり、日向《ひなた》ぼっこをする。

洗濯物を取り込むのは最初はネロの係だったが、仕事に没頭してよく忘れるので、犬の姿のミケーレが取り込む羽目になった。

『犬の毛が付くし、口でくわえるから、ちょっと汚いと思うんだよね』

シヴァ犬の姿でちょっぴり愚痴をこぼしていたが、悪いと思いつつネロは仕事以外のすべてをすぐ忘れてしまう。そのうちミケーレが黙って取り込んでくれるようになった。

日が暮れて人の姿に戻ったミケーレは、鮮やかに掃除をこなし、夕食を作ってネロに声をかける。二人で食事をして、ゆっくりお茶を飲みながら語らった後、またそれぞれの時間を過ごした。

ネロは仕事部屋にこもり、ミケーレは本を読んだり、伝書鳩を使って執事や商会の部下と仕事のやり取りをしたりしているようだ。

同居生活から一週間ほど経って、ネロは少しだけ早起きをして街に向かった。買い出しと、それからミケーレの屋敷と商会におつかいを頼まれたのだ。

『ごめんよ、ネロ』

毛むくじゃらの身体を縮めて、シヴァ犬が申し訳なさそうに言った。

家の前には今、ミケーレが伝書鳩で呼んでくれた馬車が停まっている。それで窓の外から犬の姿が見えないように、小さく身を伏せているのだった。

『君にばかり負担をかけてしまう』

鍵作りの合間に、買い出しやお使いに行かせるのが心苦しいらしい。いつもピンと立った耳がぺしょっと後ろに寝ていて、くるくるの尻尾もだらしなく伸びていた。

どうやら気持ちが下向きな時、耳と尻尾はそのようになるらしい。逆に嬉しい時は耳がピンと立って、尻尾がブンブン振れるのだと、だんだんわかってきた。

特に尻尾は、ちょっとしたことで揺れたりシュンとしたりする。

ネロは自分の胸の高さにあるモフモフの茶色い額を、軽く叩いてやった。

『痛っ』

キュウッ、と悲しい鳴き声が漏れる。ちょっと力を込めすぎたかなと思い、眉間《みけん》の辺りを掻いてやった。

『あ、それ、気持ちいい』

「また変な気をつかって。どのみち買い出しには行かないといけないんだ。君が馬車を呼んでくれたから、いつもより楽なくらいだよ」

軽く頭を撫でて、ネロは家を出た。

待たせていた馬車に乗り込み、手のひらをじっと見る。ちょっと撫でただけなのに、茶色い毛がまとわりついていた。シヴァ犬は抜け毛が多い。

（頭は意外と、モフモフしてるんだよな）

一週間も経つと、犬の姿にだいぶ慣れてきた。恐ろしく醜いシヴァ犬が、今はそれほど醜悪だとは思えなくなっている。

空洞みたいに見えた黒い瞳も、よく見ると黒曜石を磨いたみたいにつぶらで潤んでいる。尖って気持ちが悪いと思っていた鼻と口の部分は、慣れてくるとちょっと可愛いなと思えてきた。

それに何より、茶色い被毛。背中はゴワッと剛毛だが、首回りや額の辺りは意外とモフモフだ。お腹の毛はまだ触ったことはないけれど、白っぽくて柔らかそうだ。いつか触らせてもらいたい。

「モフモフ……」

夢にまで見たモフモフが家にいる。おまけに片想いの相手と同居生活。

人間の姿の時は、まだやっぱりドキドキして素っ気なくなってしまうが、犬の姿だと気負いなく触れられるから不思議だ。

さっきだって、人間の姿だったら気安く触れたりできなかった。

「モフモフ……ぐふふ」

ネロの独り言と笑いは御者台に聞こえていたらしく、御者が気味が悪そうにネロを振り返ったが、妄想と現《うつつ》の狭間《はざま》にあって気づかなかった。

馬車のおかげで、徒歩の三分の一の時間で街に着いた。しかし、それからは大忙しだ。

最初にミケーレの商会に顔を出し、ミケーレの書付けを渡し、書類を受け取った。ネロが行くことは、事前にミケーレから伝えられていたので、すんなり用事は終わった。

市場で食料品や日用雑貨の買い出しをして、帰りの馬車の予約をするついでに買い出しの荷物を預けておく。

次にミケーレの屋敷へ行くと、執事がまた細々としたミケーレの身の回りのものと、予備の伝書鳩、それに当座の生活費を渡してくれた。

金は要らないと言ったのだけど、

「ミケーレ様から、くれぐれもと言われておりますので」

押し付けられてしまった。

「それから、これも同じく、くれぐれもと主人から申しつかっておりまして」

ミケーレの荷物とは別に、小さな包みを渡された。包みの表面に『マッジョリーナ菓子店』と判が押してある。

「え、これ……」

年配の執事は、ちょっぴり茶目っ気のある笑顔を浮かべた。

「シュガーボンボンです。もうすぐ限定期間が終わる菫シロップ入りの。ビアンキ様がお好きだということで、プレゼントに買い求めておくようにと言付かりまして」

以前、春限定の菫シロップにネロが喜んでいたのを、覚えていてくれたのだ。

ネロは嬉しくて、それから胸がきゅうっと切なくなった。ミケーレはたまにこうして、不意打ちのように嬉しいことをする。

（モテ男め）

にまにま笑いそうになる口を引き結び、心の中で甘く悪態をつく。執事に礼を言って屋敷を辞した。

ふわふわした足取りで、今度は街の中心部へ向かった。ネロ自身の仕事の件で、寄らなければならないところを思い出したからだ。

定期的に仕事をくれる馴染みの魔術商会に顔を出し、新しい仕事を一つもらった。鍵を作りながらでもできる、簡単な仕事だ。

キアラの報酬で潤《うるお》っているとはいえ、働かないわけにはいかない。

浮かれた気分で魔術商会を出て、ミケーレの手土産やら、自分のためのおやつや本を買い込んだ。

そうして予約していた馬車の駅に向かう途中、ネロはたまたま、警備隊の駐屯所の前を通りかかった。

警備隊の本庁とは異なる、街のあちこちに点在する、小さな詰め所の一つだ。簡素な二階建ての建物で、入り口に掲示板があり、指名手配犯の似顔絵なんかが掲示されていた。

『この顔に、ピンときたら警備隊に通報してください』

いかにも悪そうな手配犯の似顔絵が並ぶ中、一つだけ異質な張り紙を見つけて、ネロはぎくりとした。

『猛獣の目撃情報を探しています』

そんな見出しの下に、耳の尖った牙のある獣が描かれていた。目がぎょろぎょろして、どこを見ているのかわからない。気持ちの悪い絵だ。

『正体不明の獣が十六区の個人宅に迷い込み、逃走。今も捕まっていません。目撃した方は決して近づかず、速やかに警備隊に通報してください。懸賞金付き』

『大きさは牡牛くらいで、薄汚れた灰色の被毛。尻尾にとぐろを巻いた蛇が付いている』

「これ……」

シヴァ犬のことではなかろうか。十六区はミケーレの屋敷がある場所である。

似顔絵はまったく似ていないし、大きさはともかく身体的特徴がいろいろ間違っているが、こんな怪物がそうそう他にいるはずがない。日付からしても、間違いないようだった。

「怖いわねえ。なんか知らないけど、尻尾の蛇は口から毒を吐くらしいわよ。猛毒を」

ネロが掲示板の前に突き立っていると、通りがかったおばさんが声をかけてきた。

ネロがギョッとしていると、おばさんはお構いなしに喋《しゃべ》りかけてきた。

「なんたら言う商会主のお屋敷に侵入したんですって。商会主は留守にしていて無事だったらしいけど。怖いわああ。警備隊は何をしてるのかしら。早く捕まえてくれればいいのに。街のあちこちに張り紙するばっかりなのよ」

間違いない、これはシヴァ犬のことだ。ネロはまだ喋りたそうなおばさんに挨拶をして歩き出した。

彼女が言った通り、よく見れば街のあちこちにシヴァ犬の情報を求める張り紙が張られている。

ネロはそこらの店に入り、それとなくシヴァ犬の話を聞いてみた。シヴァ犬の噂は街にかなり広まっているようだった。

（結構、大事《おおごと》になってる）

犬はこの世に実在しない動物だ。その後は一度も目撃されていないし、執事も警備隊に上手く話したようだから、それでうやむやになっていると思い込んでいた。

でも警備隊は、懸賞金までかけてシヴァ犬を探していたのだ。

どれくらい本気で捜査を続けているのかは、わからない。形だけの張り紙かもしれないが、しかし、もしも今、ミケーレがシヴァ犬の姿で人に見つかったら、間違いなく捕縛されてしまう。

何も悪いことはしていない。人だって襲っていないと言ったって、警備隊は聞いてくれないだろう。

恐ろしくて得体の知れない獣など、殺してしまえと直ちに処分されてしまうかもしれない。

（どうしよう）

ミケーレが殺されたら、死んでしまったら。ネロも生きていけない。

（俺のせいなのに。どうして浮かれたりしたんだ）

モフモフなんて言ってる場合じゃなかった。ミケーレとの同居生活が思いのほか上手くいって、楽しくて、自分の罪を忘れていた。

決して忘れてはいけないことなのに。

ネロは馬車駅へ向かい、帰りの馬車に乗り込むと、できるだけ急いでくれるよう御者に頼んだ。

日暮れ前、ミケーレは犬の姿で一人、ネロの家にいる。家の前に人なんて滅多に通らないけれど、それでももし誰かに見つかったら？

人間の言葉を話せるけれど、誰もミケーレの言葉なんて聞いてくれないだろう。実際、屋敷でそうだった。だからミケーレはネロのところまで逃げてきたのではないか。

今この時も、ミケーレは危険な目に遭っているかもしれない。そう思うと心配でいてもたってもいられない。

一刻も早くミケーレの無事な姿を確認したかった。しかし家が近づくと、今度は万が一にも御者にシヴァ犬を見られてしまったらと悪い想像が頭をもたげてくる。

結局、手前のキノコ農家を過ぎたあたりで降ろしてもらった。両手にたくさんの荷物を提げ、三十分ほどの距離を早足で歩く。

本当は走りたいのだが、普段から運動などしないネロにそんな体力はない。

家の前に辿《たど》り着く頃には汗だくで、息も絶え絶えだった。

太陽は遠くの山の尾根に沈みかけていたが、まだすっかり暮れたわけではなかった。

夕闇の中、そっと家の扉を開く。入ってすぐの居室は真っ暗だった。

「ミ、ミケーレ……」

見る限り、荒れた様子はない。ミケーレが来てから綺麗に整頓され、埃っぽさやカビ臭さとは無縁の、居心地のいい部屋になっている。

でもがらんとしていて、ふかふかした犬の姿はどこにも見当たらなかった。

「ミケーレ。ミケーレ！」

不安になって、ネロは必死に友人の名を呼んだ。

もし、彼が捕まっていたらどうしよう。街からここまでは一本道で、その間に誰ともすれ違わなかったけれど。でももし、ネロが帰路に就く前にミケーレが捕まっていたら。

「ど、ど、どうしよう」

不安が頂点に達した時だった。

『ネロ、どうしたんだい？』

トットトッ、と人ではない足音と共に、茶色いシヴァ犬が階段を下りてきたではないか。

「ミケーレ！」

極限まで不安が高まった後の安堵に、我知らず涙が出た。ネロは床を蹴って駆け出し、シヴァ犬の首筋に抱きついていた。

ミケーレに自分から抱きつくなんて、十数年の付き合いで初めてだ。人間の姿のままだったら、きっとできなかっただろう。

『えっ、ネロっ？』

ミケーレも戸惑っている。でも、今のネロはただ、ミケーレが無事だったという安堵でいっぱいで、他のことは頭からすっぽ抜けていた。

「ミケーレ！　無事でよかった。本当によかった」

ネロはそのまましばらくの間、泣きながらモフモフの首筋に顔をうずめていた。

その後、ネロがシヴァ犬に抱きついている間に日が暮れて、ミケーレは人間の姿に戻った。

ネロは全裸のミケーレにしがみつく、という事態になり、そのことに気づいてあやうく卒

倒しそうになった。

刺激が強すぎて硬直したため、鼻血を噴くとか、ハアハア息を荒らげて興奮するとか、おかしな行動を取らずに済んだ。

「詳しく話を聞きたいけど。落ち着かないから、服を着てくるね」

当のミケーレは、裸になっても慌てなかった。まあ、男同士で友達同士なのだから、慌てる理由もないのだろう。

前を隠すことなく、堂々とした足取りで階段を上って行った。

（ミケーレの裸、初めて見た……）

思っていたよりもずっと逞《たくま》しい。運動といったらベッドの上でのそれくらいなはずなのに、筋肉質でがっしりしていた。

足の間のナニも、目を逸《そ》らしたつもりで目の端で追いかけてしまった。これも思ったより大きかった。

「ああ〜っ、俺の馬鹿。破廉恥《はれんち》。忘れろ。今すぐ記憶から抹消するんだ」

しっかりまぶたに焼き付いてしまって、ミケーレが下りてきたらどんな顔をすればいいのかわからない。

忘れろと言った端からつぶさに思い出されてしまい、ネロは部屋の壁にゴッゴッと頭を打ち付けた。

「ああ」

「ネロ、何やってるんだ」

服を着て戻ってきたミケーレが、ネロの奇行に気づいて慌てて止めた。

「馬鹿だな、おでこが赤くなってるじゃないか。ほら、こっちに座って。少し落ち着こう。今、お茶を淹《い》れるから」

ミケーレは奇行の理由を聞くことはなく、ただ病人を労《いた》わるような優しい態度でネロをテーブルに導いた。

先ほど、泣きじゃくっていたことと関連があると思っているらしい。まったく関係ないのだが。

ネロを椅子《いす》に座らせ、すぐにお湯を沸かしに台所へ行く。お湯が沸く間に、ネロが放り出した荷物を運んできた。

数分後には香りのいいお茶が出される。猫舌のネロでも飲めるちょうどいい熱さで、ほんのり甘みが加えてあった。

この色男ときたら、まったく何をやらせても卒《そつ》がない。

「街で何があったのか、聞いてもいい？」

美味《おい》しいお茶にほっと息をついていると、控えめに尋ねてきた。

ネロは、警備隊の駐屯所で見た張り紙のことを話した。それから、街で噂《うわさ》が広がっているということも。

「それで、僕が捕まったかもって思ったのか」

「早とちりというか、不安になっただけなんだけど。うう、みっともないな。さっきのことは忘れてくれ」

考えてみれば、ミケーレはこの家から出ていないのだから、街の警備隊に見つかるはずがないのだ。

勝手に妄想を暴走させて泣き出すなんて、大人のすることじゃない。ううっ、と呻《うめ》いてうつむく。向かいの席で笑う気配がした。

「絶対に忘れないよ」

「そこは、忘れるって言えよ」

顔を上げると、ミケーレはとろけるような微笑《ほほえ》みを浮かべていた。いつになく甘やかな表情に、心臓が跳ね上がる。

「だって、ネロが泣くほど僕のことを心配してくれたってことだもの。それにね、犬の姿の時に抱きしめられて、何だかすごく嬉《うれ》しかったんだ。あんな姿になって、もう誰も僕を抱きしめてくれないと思っていたから」

寂しげな声、胸を突かれた。でもミケーレは、ネロの反応に気づくと、すぐに明るい笑顔になった。

「あと、泣いてるネロが可愛かった」

「な……っ」

かあっと顔が熱くなる。蠱惑《こわく》的な声、シュガーボンボンみたいに甘い言葉だ。

「な、ばっ……っ、お、俺が可愛く見えるなんて、頭がおかしいんじゃないのか」

焦りのあまり、怒ったような声で言うと、ミケーレが「そうだよね」とあっさり首肯したので恨めしい気持ちになった。

そんなネロの揺れる心には気づいた様子もなく、ニコニコしながら「ねえネロ」と呼びかける。

「今日は街まで行って疲れただろう。夜は少し、二人でゆっくりしないか」

二人で、という声がほんのり甘く聞こえた。気のせいだろうけど。

「君は僕が来てからずっと、鍵《かぎ》作りのために働き詰めだろう。自分の時間も持てない」

「そんなことを気にしてたのか」

もう気をつかわないと言ったのに。でもやっぱり、まったく気をつかわないというのは無理なのだろう。

「働き詰めっていうけど、君がいなくても、俺はいつもこんな感じなんだぞ。自慢じゃないが仕事が趣味なんだ。いや、趣味が仕事なのか？　だから一日中、自分の時間ってわけ」

ネロの物言いに、ミケーレは楽しそうな顔をした。

「自慢していいことだよ、それ。ネロらしいね。でも根《こん》を詰めてるのは変わらないよ。せっかく買い出しをしてもらったことだし、今日はご馳走《ちそう》を作るから、お酒を呑んでゆっくりしよう」

ネロは根を詰めている自覚はなかったが、確かにこのところゆっくりする日がなかった。それにミケーレの申し出は、彼なりの労《ねぎら》いと心遣いなのだろう。酒とミケーレのご馳走は魅力的だし、ネロも否を唱える理由はなかった。

「いいね。久しぶりの酒盛りだ。先週、君と呑んだ時は、死体を埋めることで頭がいっぱいで、気が気じゃなかったから」

「そうだよ、ありがとう。刑務所の差し入れの心配までしてもらって」

最後は冗談めかして言うと、ミケーレもくすりと笑って返した。

それから、ミケーレはご馳走の準備をした。こういう時、ネロは役に立たない。というか、魔術以外で役に立つことはない。

「お風呂にお湯を張ったから、入っておいでよ」

料理を作りながら風呂の準備もしてくれていて、ネロはありがたく入ることにした。ミケーレがここに来てから、至れり尽くせりだ。

ゆっくりと湯船に身を浸すと、気持ちもふわりと弛緩する。

一日中、人の多い街中を歩き回って、自分で思っていた以上に疲れていたようだ。ミケーレが無事でホッとしたのもあって、ゆっくりお湯に浸《つ》かっていたら、次第に眠くなってきた。ウトウトまどろんで、どれくらい経《た》っただろうか。

「ネロ、起きて。風邪《かぜ》を引くよ」

ミケーレの声で目を覚ました。ぱかっとまぶたを開くと、緑灰色の瞳とぶつかる。それから自分が風呂に入っているのを思い出した。

当たり前だが裸だ。湯船に手足を投げ出して、何もかもさらけ出していた。

「……っ」

ネロはバシャッとお湯を撥《は》ね上げて飛び起き、慌てて前を隠した。ミケーレに、粗末なものを見られてしまった。

もっともミケーレは、他人の裸なんて普段から飽きるほど見ている。少しも気にしないだろうが。

そんなことを思いながらちらりと相手を窺《うかが》うと、ミケーレはなぜか、すいっと不自然に視線を逸らした。

「料理ができたから、そろそろ上がって」

目を逸らしたまま言い、さっさと風呂場から出て行ってしまった。

どことなく彼らしくない態度に、「俺の裸は見るに堪《た》えないということか」などと考えてしまったが、とにかく風呂から出た。服を脱いだ籐籠《とうかご》の中に、いつの間にか清潔な綿布と、綺麗《きれい》に洗濯した着替えの部屋着が置かれていた。ミケーレが用意してくれたのだ。

居室へ行くと、テーブルにはご馳走が並んでいた。

肉に魚、揚げたての芋《いも》に、ネロの好きなニンジンの酢漬けもある。どれも彩りよく綺麗に皿に盛りつけられ、まるで料理店のようだ。

「ちゃんと髪を拭いた？」

暖炉《だんろ》の火でパンとチーズを炙《あぶ》っていたミケーレが、ネロを振り返るなり言った。

「うん」

「あ、拭いてない。風邪を引くよ」

パンとチーズをテーブルに置くと、ネロが首に下げていた綿布で髪を拭いた。

ミケーレの身体《からだ》からは、かまどの火と美味しい料理の匂《にお》いがする。

「ありがとう、お母さん」

大きな手でわしわしと髪を拭かれるのが嬉しくて、照れ臭くて、そんなふうに言うと、ミケーレも「誰がお母さんだよ」と応じた。

ネロと視線が合っても逸らされることはなく、風呂場での不自然さは消えている。ネロも目の前のご馳走に惹《ひ》かれ、それ以上は先ほどのことを考えなかった。

二人でテーブルにつくと、ワインの栓を開け、さっそく酒とご馳走を楽しんだ。特にネロはお腹《なか》が空《す》いていて、ご馳走に夢中になった。

「このニンジンの酢漬け、うちの母さんのより美味しい。ミケーレって、本当になんでもできるよな」

ネロが褒めると、ミケーレは軽く肩をすくめた。

「なんでも、そこそこね。器用貧乏だって、兄たちによく言われる」

「いやいや。これだけできたら貧乏じゃないだろ。商会を畳んで、料理店を開けよ」

「褒めすぎだよ」

人からの賞賛に慣れているミケーレも、さすがにくすぐったそうな顔をした。

「でも、人の世話をするのは好きなのかもしれないな。ここに来て気づいたよ。今までは、世話をされたり尽くされるばっかりだったから。ネロは世話のし甲斐《がい》があって楽しいんだ」

「ずぼらで悪かったな」

ネロが何気なく言うと、「本当にね」と肯定されたので、じろっと睨《にら》んでやった。

「そこは、そんなことないよ~、って言うところだろ」

ミケーレはクスクス笑って「無理だよ」と返す。

「今まで僕が遊びに来た時は、それなりに気をつかってくれてたんだなって思って。普段は身の回りのこと、ぜんぜんしないんだから」

「たまにはしてるよ」

つん、と不貞腐《ふてくさ》れて、ネロは肉汁たっぷりの肉団子を口に入れた。香辛料が効いていて美味しい。

「ただ、魔術のことに集中すると、つい忘れちゃうんだ」

そこは自分でも、直したいと思っているところだ。予定していた洗濯や買い出しを、何度忘れたことだろう。

高校の寮も、大学の下宿先も、洗濯は洗濯屋に任せていたし、腹が減ったらどこか店に入って食べた。掃除は自分でしなくてはならなかったが、これはしなくても困らなかった。

「昔から、すごい集中力だよね。でもネロはそれでいいんじゃないかなあ。だって、そうして一つのことに没頭できるから、魔術の才能を発揮できるんだもの。それって、誰でもできることじゃないんだよ」

ね、と微笑んでこちらを見つめるミケーレの眼差《まなざ》しは、本当にネロを尊敬しているかのように、キラキラ煌《きら》めいている。

この男は昔からそうだ。いつも、ネロの才能をすごく価値のあるものみたいに言う。それがくすぐったくて、照れ臭くて嬉しい。

「なんだよ。落としたり持ち上げたり」

「さっき言っただろ。ネロの世話をするのが楽しいって。ねえ、ネロ。これからも、君の身の回りの世話をさせてくれよ」

「……これから？」

「僕の呪いが解けた後も、また君の家に遊びに来させてほしい」

いつになく真剣な声音に、ドキリとした。緑灰色の瞳が、真《ま》っすぐにこちらを見ている。

「君にはたくさん迷惑をかけた。今も、今までも。ぜんぶ僕の素行のせいだ。でも君は見捨てずに僕と友達でいてくれる。街の人々から追いかけられて石を投げられた僕を、君は……君だけは助けてくれたんだ」

「それは……」

さっと血の気《け》が引いた。ミケーレは感謝の気持ちを述べているのだろう。けれどネロにとっては、ワインの酔いもさめる言葉だった。

ネロがシヴァ犬に変わったミケーレに手を差し伸べることができたのは、自分自身でかけた魔術だったからだ。

もしも何も知らず、友人が恐ろしい怪物に変わったら、ネロはそれでも友人を信じて手を差し伸べられただろうか。

「あの、俺は」

感謝される存在なんかじゃない。本当は頭を床に擦《こす》りつけて、謝り続けなければならないのだ。

ネロは陸に上がった魚みたいに口をパクパクさせたが、何か声を発する前に、ミケーレが言葉を続けた。

「もう、君に迷惑をかけたくない。君の重荷になって友情が消えてしまうのが怖いんだ。君とずっと一緒にいたい。だから今度こそ、僕は変わらなくちゃいけないと思う。いや、僕は変わるよ、ネロ」

「ミケーレ……」

「必ず変わる。だからどうか、これからも君のそばにいさせてほしいんだ」

自分の顔がくしゃりと歪《ゆが》むのがわかった。ミケーレの言葉が震えるほど嬉しい。なのに、心から喜ぶことができない。

「……俺も。俺も君と一緒にいたいよ。許されるなら、いつまでも」

でも、ミケーレが真実を知ったら、もう一緒にはいられない。たった今も、自分は彼を欺《あざむ》いているのだから。

(ごめん。ごめんなさい、ミケーレ。君にそんなふうに誓ってもらう資格なんか、俺にはないんだ)

涙がこぼれそうになって、ネロはうつむいた。

「君の言葉が嬉しいよ、ミケーレ。ありがとう」

嗚咽《おえつ》をこらえ、ようやくそれだけ告げる。しばらく、顔が上げられなかった。

だから、ネロはその間にミケーレがどんな顔をしていたのか知らない。

「ネロ……」

彼にしては低く、沈鬱な声がつぶやいた。何か言いかけたのか、呻きとも呼気ともつかない音がする。それきり沈黙が続いたかと思うと、やけに明るい声が聞こえた。

「ネロ、乾杯しようよ」

おずおずとネロは顔を上げる。どんな顔をしているのかと思ったが、そこにはいつもの明るい表情があった。

「乾杯?」

「そう。僕の脱・下半身ゆるゆる記念」

「なんだそれ」

おどけて言うミケーレに、ネロはぷっ、と思わず吹き出した。ミケーレはそんなネロにちょっと安堵《あんど》した表情を見せたけれど、それ以外はいつもの彼と何も変わらなかった。

それからは、屈託のない楽しい時間が続いた。

ネロには決めたことがある。シヴァ犬のミケーレと暮らすことになった直後、それを決意した。

まず、何よりもミケーレの姿を戻すことを最優先にする。

そして、無事にミケーレの魔術が解けたら、本当のことを彼に告げる。

きっとミケーレは、ネロを軽蔑《けいべつ》し嫌いになるだろう。この先の友情のために、自ら変わると誓ってくれたけれど、それさえもネロは裏切っていた。許されるはずがない。

彼は二度と、この田舎《いなか》の古屋にはやってこない。十数年続いた友情はそこで途絶える。

ネロは友を失い、失恋して一人ぼっちになるけれど、自業自得だ。

「ほらネロ。もっとこっちにおいでよ。そんなに暖炉から離れてちゃ、寒いだろ」

暖炉の前に座ったミケーレから、かなり遠く離れて腰を下ろすと、クスクス笑いながら手招きされた。

「ネロ、もう結構、酔ってるだろう」

「酔ってない」

即答したが、わりと足元がふわふわしていた。

夕飯にご馳走とワインをしこたま飲み食いして、でも二人とも飲み足りない気持ちだったので、暖炉の前でダラダラと飲むことにした。

一週間前、ミケーレが街から逃げた時と同じ恰好《かっこう》だが、今夜は楽しい酒だ。

床に敷物を敷き、ミケーレが二階から枕と毛布を運んできて、そのまま寝てもいいようにしてくれた。

ご馳走の残りと新しいワインの瓶を持って、暖炉の前に移動する。

「もうちょっとおいでよ。僕の隣はそんなに嫌かい？」

「だって君、なんかいい匂いがするじゃないか」

なぜか不貞腐れた口調になってしまった。やっぱり酔ってる。でも楽しい。

今だけは、自分の罪を忘れて楽しもうと思う。

ミケーレに純粋な友情を向けられ、真実を告げないことに罪悪感が募る。でも今は言うべきじゃない。

ネロから本当のことを打ち明けられて、ネロを嫌いになっても、ミケーレはこの家以外、どこにも行けないのだ。

鍵が完成するまで嫌いな奴と二人きりなんて、地獄だ。ネロだっていたたまれない。だから今は真実を告げない。

（……なんて、ただの逃げだけど）

忘れるつもりでまた思い出し、気持ちが沈む。けれどそんなウジウジしたネロをよそに、ミケーレは陽気だった。

「ネロ、このワイン美味しいよ。君も早く飲んで」

ほらほら、とはしゃぐ。こいつも結構酔ってるな、と思いつつ、ミケーレの明るさがありがたかった。ネロだけだと、どうしても暗くなってしまう。

「ほんとだ。美味《うま》い。これ、さっきのワインより美味しいな。あっ、そういえばミケーレ、シュガーボンボンをありがとう」

ふと思い出した。まだお礼を言ってなかった。

「どういたしまして。っていうか、大したプレゼントじゃなくてごめんね」

「大したプレゼントだよ。限定品の菫シロップ入りだし。あ、今一つ食べてもいいか？」

ネロは酔っ払い特有の唐突な思いつきで席を立ち、新しいボンボンの瓶を持ってきた。

「これ、毎年買おうと思ってなかなか買えないんだよ。俺、朝は弱いから開店前に並べないし。なのに今年は二回も手に入るなんて。ミケーレ様々だな」

言いながら、いそいそと周りの包み紙を解いていると、ミケーレがふふっと笑う。

「ネロ、楽しそうだね」

そう言うミケーレの方が楽しそうだ。何がそんなに嬉しいのかわからないが、とろけるような顔をしている。酔っぱらっているのだろう。

ネロも酔っていたから、とろんとした目で美しい笑顔に見惚《みと》れつつ、「ほい」とボンボンの瓶を差し出した。

「一つどうぞ」

「いいの？　ありがとう」

「選んじゃだめだぞ。目をつぶって取るんだ」

ネロは、自分が毎日やるボンボン占いについて話した。

「ローズシロップが大当たりなら、じゃあ限定の菫シロップは？」

「大々当たりだな。さあ、君の運勢を占ってやろうじゃないか」

ミケーレは面白がって目をつぶり、瓶の中に手を入れる。迷ったあげく、緑色のボンボンをつまんだので、ネロはニヤニヤしてしまった。

瓶からボンボンを取り出して、ミケーレが目を開ける。手の中にある緑色の粒を見て、何とも言えない顔をした。

「ハズレだ……」

つぶやいて、ボンボンを口に入れる。シャリッと中身をかみ砕くと、さらに微妙な表情になった。

「う……何これ。お父さんの整髪料の味がする」

期待通りの反応だったので、ネロは大笑いした。薬用酒入りは、ハズレだけあって、すごくまずいのだ。

「ひどい。何でこんなのが入ってるんだ」

「俺もそう思う。でも、この味が好きっていう、根強い支持者もいるらしい」

「ええ、嘘だー」

ミケーレはワインをがぶがぶ飲んで口直しをした。それからネロの手にあった瓶を取り、「今度はネロの番」と、ネロに差し出す。

ネロは目をつぶり、瓶の中のボンボンを一つだけつまむ。取り出したのは、桃色のボンボン、ローズシロップだった。

「大当たりだ。やった！」

ネロは諸手《もろて》を上げ、ミケーレは悔しそうな顔をする。

くだらないことなのに、ミケーレと一緒だとすごく楽しかった。

「でも、菫シロップも気になるから食べちゃお」

すっかり和んだ気持ちになって、ネロは瓶に詰まったボンボンの中から、紫色の粒を取り出そうとした。

「あ、ずるしてる」

「君にもやる。ミケーレは薬用酒な」

「えーっ、やだ。僕も紫色がいい」

子供みたいにはしゃいで、二人で瓶を取り合い、笑いながら押し合いへし合いした。

そうしているうちに、瓶をミケーレに奪われた。ミケーレの方が手も長くて力も強い。ついでに意外と機敏なのだ。

「これなーんだ」

ミケーレは紫色のボンボンを取り出し、ネロに見せつけるように掲げた。

「あーっ」

ネロは大声を上げてミケーレにしがみつく。大して体重をかけたわけではないけれど、ミケーレはネロを胸に抱える形で床に倒れ込んだ。

それでもまだ、けらけら笑って紫のボンボンを掲げているので、ネロもふざけてその身体を揺さぶる。ミケーレはそんなネロを横目で見つつ、ボンボンを口の中に放り込んだ。

「泥棒！　菫シロップ泥棒！」

こうなると、もう本当に子供だ。ミケーレはクスクス笑い、かと思うと不意にネロの顎を取った。

こちらが驚く間もなく、整った顔が近づいてくる。柔らかいものが唇に合わさり、その唇がこじ開けられて甘くコロンとした粒が中に入ってきたけれど、驚きすぎて、何が起ったのかよくわからなかった。

すぐに唇は離れ、呆然《ぼうぜん》としているネロにミケーレはにっこり笑う。

「はい、返したよ」

口の中で甘い粒を転がすと、砂糖の殻が溶けて甘い花の香りのする蜜が広がった。

「菫シロップ、美味しい？」

蜜より甘い声で聞かれ、つい、こくっとうなずいてしまったけれど、ネロの頭はじわじわと、今起こった出来事を理解し始めていた。

今のはひょっとして、いやひょっとしなくても、キスというものではないか。

ミケーレに口づけされた。ボンボンを口移しされた。

「口の中、甘いね」

ちょっぴり照れたように微笑む、ミケーレの目元が赤い。しかし、百戦錬磨のヤリチンが接吻《せっぷん》くらいで赤くなることはないだろう。

ミケーレは酔っているのだ。

(こいつ……こいつ……)

頭のなかに、いろいろな感情が渦巻いた。

ミケーレとキスした。嬉しい。快哉《かいさい》を叫びたい。

しかし、目の前でへらへら笑っているミケーレを見ると、怒りにも似た感情がこみあげてもくる。

「……ミケーレよ。君は本当に自分を変える気があるのか」

さっき、自分を変えるとか言っていなかったか。その舌の根も乾かぬうちに、酔って友達にキスするとは。

この男の下半身が緩くなることは、今後もないような気がしてきた。

ネロが目を据わらせて低く告げると、ミケーレは「えっ？　もちろん」と心外そうな顔をする。

「もう君以外に、こんなことしないよ」

あっさり言われて、逆にイラッとした。友情を何だと思っているのか。

ネロは瓶の中から緑色のボンボンだけを取り出し、ミケーレの口にねじ込んでやった。

「わっ、何？　……うっ、これはっ」

「貴様を薬用酒の刑に処す」

「なんで？　ネロ、ひどい！」

お父さんの整髪料の香りがするボンボンをかみ砕き、ミケーレは涙目になる。

楽しいような、複雑な呑み会は夜明けまで続いた。


魔術が解けたら決めてるんだ、とミケーレは言った。

酒盛りのバカ騒ぎの後、暖炉の前で二人、夜明けを待つ間のことだ。酔いも手伝って、ネロはうつらうつらしていた。

ミケーレは膝を抱えて船を漕ぎ始めたネロに、毛布をかけてくれた。

「今の恋人とはぜんぶ別れる。きちんと手順を踏んで、心から謝る」

「……できるのか、君に」

無節操に友人にキスするような男が。とは、口にしなかったが、ネロは眠りと現《うつつ》の狭間《はざま》でくぐもった声を上げた。

「やるよ」

静かな声で、けれどきっぱりと、ミケーレは言う。ネロはもう、眠気のあまり声を出すのもおっくうになっていて、かわりにジロッと疑わしげな視線を送った。

ミケーレはそれに、酔いでとろりとした目を和ませて微笑んだ。

「僕はたぶん無意識のうちに、みんなを試していたと思うんだ」

ネロの相槌《あいづち》は期待していないのか、窓の外を向きながら独り言のように彼は話を続けた。

「子供の頃からちやほやされて、でも僕の内面を見てくれる人は、家族以外にいなかった。その家族というのも、上の兄だけだ」

貴族の家庭でよくあるように、両親にはそれぞれ愛人がいるのだと、ミケーレから以前、聞いたことがある。

子供の世話は乳母《うば》や使用人に任せきりで、親はほとんど家にいなかった。

下の兄は、ミケーレが物心ついた時には学校の寮にいて、長期休暇でも帰ってこなかったから、家族らしい家族は長兄だけだった。

その兄も、伯爵《はくしゃく》家の後継として忙しく、ミケーレだけに構っている暇はない。結婚してからは当然、自分の妻や子供といる時間の方が長くなった。

それでもミケーレの周りには、いつもたくさんの人が寄ってきた。うんと幼い頃は、両親のいない寂しさを埋めるために彼らに懐いたけれど、彼らは家族ではない。

あまりに懐きすぎて迷惑そうな顔をされたり、逆にこちらが怖くなるくらい、過剰な愛情を示す者もいた。

「……怖いな」

ネロは夢見心地にミケーレの話を聞きながら、思わずつぶやいた。

幼い子供なのだから、相手が示してくれた好意を素直に受け取るのは当然のことだ。でも大人はそうじゃない。

好意の裏に利益を得ようとする下心があったり、歪んだ欲求を持っていたりする。

「長兄に、他人を信用しすぎてはいけないと教育されたよ。我々、持てる者には様々な人間が近づいてくるからと」

悲しい教えだ。でも、弟を守るためだったのだろう。

「周りに期待されるとおりに振る舞って、でも本当には心を開かないようにするのが、いつしか習慣になった。幼い頃からそうしてきたから、それが息をするより当たり前になっていたんだ。思春期の頃は自分の心が窮屈で、苦しかった。人間が嫌いだった」

意外だった。ミケーレはいつも周りに優しくて、誰かを強く嫌いになることなんて、滅多にないと思っていたから。

「そんなに悪い人間ばかりじゃない、って思えるようになったのは、高校生になってからだ。

ネロに会ってからだよ」

「え、俺？」

これも、思いもよらない告白だった。ネロと出会ったからといって、どうして人間嫌いが緩和されたのだろう。

「俺みたいな根暗《ねくら》が、どう作用したっていうんだ」

「一生懸命、魔術を教えてくれただろ」

「『黒猫亭』の昼飯に釣られてな」

ぶっきらぼうに言うと、ミケーレは喉の奥で笑った。

「適当に教えたってよかったんだ。でも、君は全力で教えてくれたよね。それに、また中学の教師と同じことになるんじゃないかって、半分くらい思ってた。君は僕を見るたびに真っ赤になってたし」

眠気が一瞬、吹き飛んで、ネロはミケーレのわき腹を殴ってやった。相手はネロの動きを予想していたらしく、「いてっ」と笑いながら顔をしかめる。

「ごめん。まあ、ネロみたいな反応は珍しくないというか、僕と向かい合わせになると、大抵はみんな赤くなるんだけど……いてっ、痛いって」

ぼすぼすと続けて殴ると、さすがにミケーレも身を捩《よじ》って逃げた。「自慢してるわけじゃないんだよ」と、わき腹をさすりながら言い訳する。

「最初のうちは君、オドオドしたり真っ赤になったりして、なのに教える時は一生懸命だった。僕が中学の魔術教師の話をした時は、本気で怒ってくれて。僕が傷ついてないか心配してくれた」

「そんなの、当たり前だろ」

「でも、あんなふうに心配してくれたのは、ネロ以外に兄だけだったんだ」

他の友人にも、打ち明けたことがある。みんな、ミケーレが年上の女性といい思いをして、さらに成績まで手心を加えられたことに、羨望《せんぼう》や妬《ねた》み、時には侮蔑《ぶべつ》の眼差しや言葉を投げかけた。誰も、ネロみたいにミケーレが傷ついていないか、心配してくれる人はいなかった。

「やっぱり君、嫌だったんじゃないか」

そんな風に思うなんて、ミケーレが傷ついていた証拠だ。ネロは胸が痛くなった。高校生の時、もっとちゃんと話を聞いてやればよかった。

心配になってミケーレを見たが、彼の表情は凪《な》いでいて、昔のことをくよくよしている様子はなかった。でもそれは、表向きのことかもしれない。

「そんな顔しないで。今は本当にもう、何とも思ってないから。前にも言ったかもしれないけど、珍しいことじゃなかったし。ええとそれで、何の話だっけ。そうネロだ。君がひねくれた態度を取るくせに、優しくて真っすぐだから、こんな子もいるんだなって、新鮮だった」

二年になってネロと同じ組になり、交流は深まったが、その後もネロはミケーレに正当な報酬以上のものをたかることはなかったし、ミケーレを利用しようともしなかった。

「君は当たり前って言うかもしれないけど、実は貴重なことなんだよ」

ネロの言葉を先回りするかのように、ミケーレは言う。

「それから、人も捨てたもんじゃないって思えるようになった。他の友達とも以前より素直に付き合えるようになったのは、ネロのおかげだよ。ただ残念ながら、君以外の友人たちとは、友達以上の付き合いが始まっちゃって、しかも長続きしなかったんだけど……」

感動的な話の最後がまた、下半身のゆるゆる話に帰結したので、ネロは大きくため息をついた。ゴロンと敷物の上に横になり、まぶたを閉じる。

「結局、君のナニが無節操だという話か」

付き合ってられん、と毛布に包《くる》まると、「違うよ」と慌てた声が返ってきた。

「反省してるんだ。友情も愛情も劣情も、ぜんぶごっちゃにしていた。相手が僕のことをどう思ってるか、そればかり気にして相手の気持ちを考えなかった。お互いのことを思うなら、きちんと線引きしなければならないところを、なし崩しに関係を持ったりして。そういう僕の態度こそが、僕自身を寂しくしていることに気づかなかった」

ミケーレはただ、寂しかったのだ。その生い立ちが、比類なき美貌《びぼう》が、彼を孤独にした。

太陽のように明るくて、いつも穏やかなミケーレ。そのまばゆい笑顔の裏には、いつも寂しさがあったなんて。ネロもミケーレのことを、ちゃんとわかっていなかった。

「この年になるまで気づかないなんて、馬鹿だね」

「その年で気づいたんだ。むしろ上等さ。人は年を取るごとに思考が硬くなるんだぜ」

ネロが毛布から顔をのぞかせて答えると、ミケーレは嬉しそうに笑った。それからまた、窓の外を見る。そろそろ日が昇る頃だ。

「うん。気づいたから、もう今度は間違えない。もう身勝手で無責任に誰かと付き合うことはしないよ。きちんとその人のことを見るようにする。友情と愛情は違う。もちろん、性欲も。友人以上の愛情を抱いた相手には、心を尽くして告白するよ。絶対に身体から入るなんてことはしない」

昇ってくる朝日に誓うように、ミケーレは言った。窓の外がぼんやりと明るくなり、それと同時に隣の美しい青年が、毛むくじゃらの犬の姿へと変わっていく。

「君が誠意を覚えたら無敵だ、ミケーレ」

友人の変身を眺めながら、ネロはつぶやく。

ミケーレが誠実に心から愛したなら、きっと相手も同じように、真剣にミケーレを愛するだろう。

ネロがこれからミケーレに付ける傷を、その人が癒してくれますように。

ミケーレに本当の恋人ができるのは悲しいけど、彼を欺いているネロにくよくよする資格はない。

「俺は君が幸せになることを、心から祈ってる。本当だ」

毛布の端から、ネロは言った。茶色いシヴァ犬が、ぱちぱちと瞬《まばた》きをしてこちらを見下ろす。

『ありがとう、ネロ』

穏やかな口調が返ってきたが、ミケーレがどんな気持ちで言ったのか、犬の表情からは窺えなかった。


日々は穏やかに過ぎていった。

ネロは毎日、鍵作りに忙しいが、一人暮らしをしていた頃よりも生活が潤《うるお》っている。

ミケーレが身の回りの世話を焼いてくれるからだ。美味しいご飯を作って、洗濯も掃除もして、お風呂まで沸かしてくれる。

ついつい時間を忘れて仕事に没頭するネロに、「そろそろお茶にしない?」と、休憩を促してくれたりもする。

ミケーレはシヴァ犬になって二週間が経った頃、一度だけ家に帰った。

馬車を呼んで、夜中のうちに往復したのだ。ネロは同行しなかったので、ミケーレが周りにどう話したのか知らないが、執事や商会の従業員たちに会い、もうしばらく留守を頼むと伝えたらしい。

仕事のやり取りなどは引き続き伝書鳩《でんしょばと》を使い、書類や荷物はネロが数日に一度、買い出しに行くついでにお使いを請け負った。

ネロの買い出しは毎回、ミケーレが往復の馬車を頼んでくれるので楽だ。

街には相変わらず、シヴァ犬と思《おぼ》しき張り紙が張られている。けれど、あれきり獣は現れないので、人々からも次第に忘れ去られているようだった。そのことは少しだけ、ネロを安心させた。

同居生活は三週目に入り、鍵は徐々にだが完成が見え始めている。

この頃になると、ミケーレもネロも、ミケーレが犬の姿でいることに慣れ始めていた。

『ネロ、もうちょっと頑張って。もうちょっとだから』

「ええー、もういいんじゃないか」

『玄関先がまだだよ。これからの季節、すぐ雑草が伸びるんだから』

春の終わり、その日はよく晴れて、汗ばむような陽気だった。

昼下がり、ネロはシヴァ犬のミケーレと一緒に、庭に塩水を撒《ま》いている。暖かい季節になって、庭の雑草が伸びてきたからだ。

毎年、庭は草がぼうぼうに生い茂る。面倒だけど放っておくと密林になるので、たまに業者を呼んで処理してもらう。

ただ今年はミケーレがいるので、まだ業者を呼べずにいた。

ミケーレもそれがわかっていて、しばらくは自分で雑草を掘り起こしたりしていたようだ。犬の鼻と前足を使って器用に草むしりをしていたのだが、草の生える速度は日ごとに増してくる。そこで、庭に塩水を撒くことにしたのだった。

『たまにはネロも、陽の光を浴びないと』

と言われ、ネロも手伝う羽目になった。狭い庭だし、作業のほとんどはミケーレがやってくれているのだが、魔術以外の作業はすべておっくうに感じるネロである。たびたび泣き言を言って、ミケーレを呆《あき》れさせた。

一方、同居してから知ったが、ミケーレはわりと完璧《かんぺき》主義だ。手を抜かず、きっちり塩水を撒き終えるまで、作業を止《や》めようとしない。

『よし、終わり。お疲れ様。僕は最後の点検をするから、ネロはお風呂を沸かしておいて』

おまけにちゃんと確認までする。ネロはすっかり作業が嫌になっていたから「へいへい」と生返事をして、ささっと家の中に逃げ込んだ。

窓から外を覗《のぞ》くと、シヴァ犬が丁寧に地面を見回っていた。自分の仕事に満足しているのか、時々、くるんと巻いた尻尾《しっぽ》がふりふり振れている。

ネロはそれを見て、思わずクスッと笑ってしまった。

犬というものに慣れてきたせいか、最近、シヴァ犬が可愛く思えてならない。喋《しゃべ》るたびに耳がピコピコと揺れるのも可愛いし、今みたいに尻尾を振っているところや、お尻を床につけてふかふかした背中を丸めているところも、どうにも愛らしい。

その可愛さは猫に匹敵するんじゃないか、などと考える今日この頃である。

『はあ、疲れた。わっ、何？　もー、ネロは』

少し開けておいた玄関の扉を、鼻先で押してシヴァ犬が入ってくる。その仕草も可愛くて、ネロはぼふっとその首にしがみついた。

ミケーレは不意打ちを食らって驚いた声を上げたが、もう慣れっこだ。モフモフに顔をうずめるネロに、『顔に泥が付くよ』と呆れた様子で忠告した。

「モフモフが癒されるなあ。風呂、沸いてるから一緒に入ろうぜ。洗ってやるよ。その姿じゃ、自分で身体を擦るのは無理だからな」

犬の姿なら、ミケーレにも気負いなく触れられる。風呂に入るのだって平気だ。

ミケーレに遠慮なく抱きつけて、モフモフも堪能《たんのう》できる。シヴァ犬は最高かもしれない。

『ネロ、君ってさあ』

犬が言いかけて、ふうっとため息をつく。「俺が、なんだ」と聞き返すと、『何でもない』と返し、またふうっとため息をついた。

深刻なため息ではなく、ネロに呆れた様子だ。

『ネロって、モフモフが好きだよね』

「ああ。ずっと猫を飼いたかったからな。でも今は、君がいるからいいや」

ミケーレがまた嘆息するので、ネロは不意に思いついて言い訳した。

「あ、鍵は真面目《まじめ》に作ってるぞ。君がこのままでいいなんて思ってないからな」

ネロがあんまりモフモフ言うから、心配しているのかもしれない。そう考えたのだが、勘違いだったようだ。

『そんなの疑ってないよ。だいたい君は昨晩、鍵の完成の目途《めど》がついたって言ってたじゃないか』

風呂に入ろう、と犬が先に立って風呂場へ向かったので、彼が何に呆れたのか、結局わからずじまいだった。

ネロは裸の腰に布だけ巻いて、犬と一緒に風呂に入った。

『お湯で被毛が濡《ぬ》れるの、なんだか気持ちが悪いんだよね』

犬は言う。お湯を掛けると足の間に尻尾を入れて、ちょっとだけプルプル震えていた。人間のミケーレは清潔好きだけど、シヴァ犬の彼はお湯が苦手らしい。

それでも、ネロが石鹸《せっけん》を泡立てたたわしで優しく擦ってやると、濡れて貧相になった尻尾がせわしなく揺れた。

『鍵がもうじき完成するなら、それまでにこの家の整理整頓《せいとん》を終わらせなきゃ』

ふうっと気持ちよさそうにため息をついてから、犬がつぶやく。

「もうじゅうぶん、やってくれたよ。無理して終わらせなくていいんだぞ」

ミケーレは掃除だけでなく、合間に家のあちこちを整頓してくれている。ネロも引っ越した当初は物を決まった場所に入れていたのだけど、だんだんと面倒になり、最近はぐちゃぐちゃになっていた。

でもミケーレのおかげで、今は物が探しやすくなった。

『僕が気持ちが悪いんだよ。屋根裏部屋は終わったから、次は二階の納戸を……』

「待って。屋根裏だって？　あそこをぜんぶ整頓したっていうのか」

使わないもの、置き場所に困ったものは、とりあえずすべて屋根裏部屋に置いていた。物で溢《あふ》れかえってもう何も置けないから、隠れ家にも荷物を置くようになったのだ。

まさか、さすがのミケーレもあそこには手を付けないと思っていたのに。

『あ、うん。まずかった？　どこでも自由に片付けていいって言うから、片付けちゃったんだけど。そうそう、ゴミかゴミじゃないかわからないものがあったから、屋根裏の出入り口の方に置いておいたんだ。あと、君の昔の日記みたいなのは、奥の棚に……』

「あああああ」

ネロはたわしを手にしたまま叫んだ。犬がうるさそうに、片耳を寝かせる。

『何だいネロ。急に。犬になると人間よりよく聞こえるんだけど』

「見たのか、君は。俺の日記を。闇に葬りし忌まわしき歴史を！」

『落ち着いて、ネロ。まさか人の日記を勝手に読んだりしないよ。ただ表紙に書いてある題名は、どうしても目に入っちゃったけど』

「おおおお」

『そんなに嫌だった？　ごめん。でも、別に変な題名じゃなかったよ「俺が考える最強の魔術書」とか「血塗られし闇の眷属《けんぞく》・ネロの思想書」とか、カッコいい名前が付いてたね。あと……』

「ぐあああ！　君、わざと言ってるだろう！」

屋根裏には、実家から引き上げてきた中学時代の日記やら自作の詩やら、その他もろもろ、十代の恥ずかしい記録や物が詰まっていたのだ。

「忘れろ、今すぐ！　記憶を完全に消去しろ！」

ネロは叫び、ミケーレが『痛い』と身を捩るまで、たわしでゴシゴシ身体を擦り続けた。

それから急いで自分の身体も洗うと、さっさと風呂から上がった。

すぐさま屋根裏に行き、黒歴史の数々を一階の居室へ運ぶ。屋根裏は見違えるほど綺麗になっていたから、目当てのものはすぐに見つかった。

「駄目だ。耐えられない。暖炉の火にくべてやる」

恥ずかしくて恥ずかしくて、動き回らずにはいられなかった。こんなもの、大事に取っておくんじゃなかった。

『ごめん、悪かったよ。君の家なのに、あちこち勝手にいじってしまった。そんなに嫌がるとは思わなかったんだ』

風呂場から居室に現れたシヴァ犬が、濡れた身体のまま、しょんぼりと耳を寝かせて言う。それでようやく、ネロもハッと我に返った。

別に怒っているわけじゃなくて、一刻も早く恥ずかしいものを消し去りたかったからだが、ミケーレは誤解したらしい。

「あ、いや。怒ってるわけじゃないんだ。ただ、人に見られたのが、転がり回りたいくらい恥ずかしくてさ」

それで取り乱した自分も恥ずかしい。気持ちがはやるあまり、犬を拭いてやることもしていなかった。

犬は身をブルブルッと振って、ある程度の水を払うことはできるが、やっぱり人間の時のように乾いた布でゴシゴシ拭くことはむずかしいのだ。

「こっちこそごめん。せっかく君が整頓してくれたのに」

ネロはひとまず、黒歴史を葬るのはやめて、濡れた犬を拭いてやった。その間に、気持ちが落ち着いてくる。

「屋根裏部屋、すごく綺麗になってたよ。ありがとう」

言うと、くるんと巻いた犬の尻尾が控えめにピコピコと揺れた。

「それによく考えたら、あの中には火にくべたらいけないやつもあったんだった」

『やっぱり、大事な思い出だものね』

「いや、そういう意味じゃなく……」

ネロが説明しようとした時、犬が不意にぱっと勢いよく顔を上げたので、びっくりした。視線はネロではなく宙を見ていて、耳を澄ましているような仕草だった。

「どうしたんだ？」

『なんだろう、この匂い。あと、蹄《ひづめ》の音も……』

どこか不安そうに犬がつぶやいた時、ネロの耳にも土を蹴《け》るたくさんの馬の蹄の音が聞こえてきた。

こんなにたくさんの蹄の音を、ネロは今まで聞いたことがない。

音が近づいてくると共に、人の掛け声も聞こえてくるようになった。

「なんだ。何が通るんだ？」

ネロは居室の窓から外を覗いて、びっくりした。馬に乗った制服姿の男たちが、ネロの家の前で停《と》まったからである。

その数、二十名ほど。みんな帯剣しており、中には銃を持っている者もいた。彼らはネロの家を指さして「あったぞ」「この家だ」などと言っていた。

「警備隊だ！」

ネロは焦って声を上げ、犬はビクッと身を震わせる。

街の警備隊がなぜか、大挙してネロの家に現れた。


「な、なん……なんで。どうしよう」

なぜ警備隊が、ここに。まさか、と隣にいるミケーレを窺う。

手配中の獣がここにいることが、バレたのだろうか。でもなぜ。

『ネロ、とりあえず、扉の鍵をかけよう。あと、窓も』

すぐさま冷静さを取り戻したミケーレが言い、ネロはまだ泡を食ったまま言う通りにした。

ミケーレはじりじりと後退《あとじさ》り、階段の中ほどまで上って窓の外から見えないように身を縮めた。

「ビアンキさん！　ネロ・ビアンキさん！　いらっしゃいますか！」

ドンドン、と乱暴に扉が叩かれた。居留守を使おうかと思ったが、ネロが二階に隠れる前に、警備隊の一人が居室の窓に回り込み、中を覗きこんでいた。

「いたぞ。男性一名！　男性は無事だ！」

その警備隊員とネロとはばっちり目が合って、隊員は声を張り上げて仲間に知らせた。

「ビアンキさん、街の警備隊です！　ここを開けてください！」

ネロがいるとわかって、さらに強く扉を叩かれる。切迫した声だった。窓の外を覗くと、銃を持った警備隊が数名、家に近づいてくるのが見えて、血の気が引いた。

「え、な、なんですか。なんなんですか、あなたたち。どういう、ご用件ですか」

焦るあまり、声が裏返ってしまう。扉を開けるわけにはいかない。開けたら、彼らはすぐさま中に入ってきそうだ。

「こちらで手配中の獣がうろついていると、お隣のキノコ農家から通報があったんです」

お隣さんか。ネロは頭を抱えたい気分だった。

おばあさんはいつも、何の前触れもなくやってくる。キノコを差し入れに来て、シヴァ犬のミケーレを目撃したのだ。

このところ、ネロもミケーレもちょっと油断していた。ここまで誰にも見つからなかったからと、昼のうちに平気で家の玄関先をうろついたりしていた。

さっきだってそうだ。表の塩水はネロが撒くべきだった。

「ビアンキさん！　一刻を争うんです！」

「ひ、人違いです。うちにはシヴァ犬なんていません！」

動揺のあまりつい叫んでから、しまった、と思った時にはもう遅かった。

「シヴァ……？　ビアンキさん、獣について何かご存知なんですね。ここを開けてください、早く！」

それまでネロの様子を案じるようだった警備隊員の声が、たちまち硬いものに変わる。失敗した。獣がシヴァ犬だなんて、警備隊は知らなかったのに。

「ビアンキさん。開けないなら、無理やり入りますよ」

声がとうとう脅しに変わった。どうしよう。

うろたえるネロの肩に、ポン、とシヴァ犬の肉球が乗った。

『ネロ。もういいよ。扉を開けよう』

振り返ると、黒いつぶらな瞳がネロを見つめている。もうシヴァ犬のそんな瞳を、おぞましいなんて思えない。まん丸い可愛い目だ。

「な……何言ってんだよ。指名手配だぞ。君は何も悪いことをしてないのに。殺されちゃうかもしれないんだ」

警備隊ははなから、手配中の獣を狂暴だと決めつけているのだ。

「外で銃を構えてる警備隊員だっているんだ。下手をしたらその場で撃たれるかもしれない」

『でも、このままだとネロの身も危ない。それに警備隊の業務を妨害したら、君も罪に問われるんだ。これ以上、君を巻き込むことなんかできない』

「ちがう！　巻き込まれたんじゃなくて、俺が……」

ネロのせいなのに。巻き込まれたのはミケーレのほうなのに。

「ビアンキさん、聞いてますか！」

「おい、いたぞ。獣だ。家の中にいる。かなり大きいぞ！」

「銃隊、前へ！」

居室の窓の外から声が聞こえた。シヴァ犬の存在がバレてしまった。

『ネロ。僕は大丈夫だから。大人《おとな》しく警備隊に従おう』

「や、やだ。何が大丈夫なんだよ。根拠なんかないくせに」

ネロだって、ミケーレの身を危険に晒《さら》したくない。

「もうすぐなんだ。もうすぐ鍵が完成するのに」

そうすれば、ミケーレは大手を振って家に帰れる。あと、もうちょっとなのに。

「ミケーレ。俺と逃げよう」

『ええっ』

「逃亡先には当てがある。なに、鍵ができるまでだ。魔術が解ければ何も問題ない。よし、決めた。君が何て言おうと、二人で逃げるぞ」

ネロは言うなり、身を翻《ひるがえ》した。仕事部屋へ行き、鍵の開発に必要な道具を袋に詰め込む。ついでに食料も。

それから急いで二階へ駆け上がり、ミケーレと自分の最低限の身の回りのものをまとめた。

その間に、警備隊の呼びかけはより強硬なものになっていく。

「ネロ・ビアンキ！　この家は完全に包囲されている。無駄な抵抗はやめて、今すぐ出てきなさい！」

ミケーレはそんな家の外とネロとを見比べて、オロオロしていた。

『ちょっと待ってよ。問題なくないよ。それにどうやって逃げるの。外には警備隊がいっぱいいるんだよ』

「一瞬だけ、警備隊の目をくらませる方法がある。警備隊の隙を突いて逃げる。犬の君は足が速いだろ。前に、庭を駆け回ってるの見たぞ。あと、力持ちだし」

『それは、まあ。人間の時よりずっと速く走れるし、重いものも持てるよ。え、まさか……』

はっ、とシヴァ犬が口を開けた。ネロはうなずく。

「俺が先に扉の外に出て、警備隊を怯《ひる》ませる。そうしたら君は、俺を背中に乗せて走るんだ」

『えーっ』

「家を出たらすぐ、原生林に入るんだ。向こうは馬だから、木が密集した林の中は動きにくい」

ネロは言いながら、シヴァ犬の首に麻紐《あさひも》を巻いた。手綱《たづな》代わりだ。不安定だが、ないよりはましだろう。

友人が決して引かないとわかったのだろう。犬は深く嘆息した。

『わかった。僕のためにありがとう、ネロ。でも約束して。君の命が危ないとわかったら、僕を置いて逃げること。それと、僕の部屋に伝書鳩の予備があるから、それを持って行ってほしい。うちの執事と兄に連絡を取る。このままじゃ、僕の魔術が解けても君が手配犯になっちゃう。彼らに助けを借りる』

こんな時なのに、ミケーレは人の心配ばかりしている。心配してもらう価値なんて、ネロにはないのに。

でも今は、誰のせいだとか言っている場合ではない。とにかく逃げる。

それから鍵を完成させ、ミケーレを元の姿に戻す。獣がミケーレだということは知られていないから、ミケーレにそれ以上の難が及ぶことはないだろう。

ネロ自身のことは……無事に逃げ終えてから考えよう。

「伝書鳩は大丈夫。もう荷物に入れてある」

あれこれ詰めたので袋は重くなったが、日が暮れる前ならシヴァ犬が背負ってくれる。

『隙を突くって、本当にできるの？　ネロが危険な目に遭うなら……』

用意は整った。それでもまだ心配そうなミケーレに、ネロは軽く片目をつぶってみせた。うまくできなくて、両目をつぶることになったが。

「大丈夫。ちょうど、君が整頓してくれたおかげで助かった。俺たちにはこれがある」

言いながらネロが手に取ったのは、先ほど屋根裏から運んできた、黒歴史の一つ、『俺が考える最強の魔術書』だった。

「中学生の時によく、妄想してたんだ。学校に強盗が現れて、先生や級友たちが襲われる。そこに俺がカッコよく登場して、魔術を使って強盗を撃退するんだ。学校中の奴らが残らず俺を褒め称《たた》える」

当時の妄想を思い出し、ククク……とネロは不敵に笑った。シヴァ犬が首を傾《かし》げる。

『ん？　どうして学校に強盗が現れるの？　強盗が襲うなら、商店とか銀行じゃない？』

「うるさいな。中学生の妄想なの。とにかく、その若気の至りの延長でこの魔術書を作ったんだ。本の形なら学校に持ち込んでも怪しまれないし」

ネロはポケットに入れていたペンを取り出し、本の一番後ろのページに、サラサラと起動の文言を書き出した。

「いいか、俺がこいつを持って外に出る。破裂音がして、外がピカッと光ったら出てきてくれ。俺を乗せて走るんだ」

「わかった」

尻尾をぱたりと一回振って、ミケーレは答えた。ネロは玄関の戸口の前に立つと、大きく息を吸って声を張り上げる。

「出ます！　今から出ますから、撃たないで！」

外で警備隊の「出てくるぞ」「銃隊、構えたまま後ろへ」と物騒な声が聞こえた。

「俺たちは何も悪いことはしてないんだ。お願いだから、絶対に撃たないでください！」

さらに声を張り上げると、「わかった」と、戸口の向こうで声がした。

「銃隊、構え、止め。……抵抗しなければ撃たない。速やかに出てきなさい」

「出ます。今出ますから」

ネロは鍵を外し、大きく扉を開けた。銃を持った警備隊が十名ほど、家から少し離れた場所に、膝をついている。いつでも構えられるようにだろう。すぐ近くに一人、先ほどネロに声をかけた人だ。残りの半数が見当たらないのは、家の周りを取り囲んでいるからだろう。

「そのまま前へ。手を頭に上げて。待て、君。何を持っている」

戸口の警備隊員が硬い声を上げたので、ネロは慌てて「本です」とそれを見せた。

「俺が作った魔術書です。……ほら」

警備隊に向けて、ネロは本の最終ページを開いた。その瞬間、シューッと音を立てて本から煙が上がる。かと思うと、空へ向かって次々と何かが飛び出した。

警備隊が空を見上げるのを確認し、ネロは目をつぶる。頭上でポンポンッと破裂音がして、同時にまぶたの向こうでピカッと何かが光った。

警備隊が「うわっ」「目が、目があぁ」「落ち着け」と動揺の声を上げるのが聞こえる。

空が光った後、頭上からいくつもの網が降ってきて、眩《まぶ》しさに目を押さえている警備隊に絡《から》まった。

「俺は天才か」

想像以上に上手《うま》くいって、思わずつぶやいてしまった。

その時、後ろからミケーレの鼻先がつん、とネロを突《つ》いた。ネロは自分の身体で塞いでいた戸口を譲ると、シヴァ犬の背中に跨《また》がる。

ネロを乗せるや、犬は走り出した。

「逃げたぞ！」

背後から声が聞こえたが、網が絡まって身動きできる警備隊は一人もいない。

「うまく行ったな、おい。さあ、原生林へ」

『わかってる。舌噛《か》むよ』

シヴァ犬は言い、疾走する。街道を抜け、原生林へと逃げ込んだ。木の根や背の高い草木が生い茂る中、シヴァ犬は器用に駆け抜けていく。馬ではこうはいかなかっただろう。

ネロが時たま進む方向を指示して、北へ北へと走った。犬の足は速い。

日が暮れるずっと前に、ミケーレとネロは、ネロが持つ隠れ家に辿《たど》り着いたのだった。


ミケーレと逃避行の末に隠れ家に辿り着く。昔から幾度となく妄想してきたことだ。

そのために隠れ家なんぞを用意していたのだが、まさか妄想が現実になるとは思わなかった。

ミケーレは、ネロが誰も知らない隠れ家を持っていたことに驚いたようだ。

『すごいね』

と、森の中の一軒家を見てため息をついた。

『これも、中学時代の妄想の延長なの？』

無邪気な質問が胸に刺さる。

「うっ……まあ、そんなようなものだ。ほんの遊びだよ。郊外は固定資産税がかからないし、この辺りの森林は国有地が飛び地してて、所有権が曖昧《あいまい》だからな。建てたもん勝ちっていうか。井戸があるから水には苦労しないが、じめっとしてて虫が多い。あと、家の中は汚い」

『想像はしてたよ』

大丈夫、とシヴァ犬が言う。もうすぐ日暮れだ。二人は家の中に入った。

家というか小屋、狭い平屋だ。中は暖炉の部屋が一つ。家具はテーブルだけで、ベッドすらない。

埃《ほこり》っぽいしカビ臭いし、おまけに部屋中、本やガラクタがいっぱいで、ミケーレが掃除する前の屋根裏とそっくり同じだった。

シヴァ犬が中に入るなりぽつりと『なんかこの部屋、見たことある……』とつぶやいたのもうなずける。

荷物を端に寄せ、埃を払ったりしている間に日が暮れた。人間に戻ったミケーレは、ネロが持ちだした服に着替え、簡単な掃除をしてくれた。

その間に、ネロは鍵の制作に取り掛かる。本当にあと、もう少しだったのだ。

「くそ、キノコ農家め。通報するにしても、あと一日遅ければよかったのに」

「隣のおばあさんは、ネロのことを心配したんじゃないかな。得体の知れない怪物が、君んちの周りをうろついてるんだから」

ミケーレが取り成す。彼はネロが作業をするのと同じテーブルで、持ってきた食材で簡単な夕食を作っていた。こんな時まで人を悪く言わないのが、ミケーレらしい。

「それより、僕のせいでごめん。ネロがお尋ね者になっちゃった」

「俺が逃げるって言いだしたんだろ。大丈夫。ちゃんと先のことは考えてあるんだから」

ミケーレがひどく悲しそうな顔をするので、ネロは胸を張った。

「さっきだって、上手くいっただろ。君は何も心配しなくていいし、何もしなくていい」

「かなり行き当たりばったりな逃避行だったけど。でも、何もするなって言われても、これは僕の問題なんだよ。ネロは巻き込まれただけだ。魔術を解いてもらったらすぐ、我が家の弁護士に相談する。兄にも助力を求めて、君に咎《とが》めがないようにするから。最低限、それだけは絶対にさせてもらう」

きっぱりとした口調に、ネロはふふっと笑った。鍵を作る手を止めて、ミケーレを見た。

「ありがとう、ミケーレ」

心から言った。ミケーレ、友情に厚い男だ。彼の言葉は忘れない。

でも、ネロが欺いていることを知ったら、もう助けようとは考えないだろう。

「自分が大変なのに、俺のことばっかり考えてる。君はいい奴だよ」

「それはネロだろ」

ミケーレはどこか不安そうな声で言ったが、ネロはそれを、鍵作りに没頭しているふりでやり過ごした。

食事を食べるとすぐ、ネロはまた鍵作りを再開する。あともう少し。

「ミケーレ。持ちだした荷物の中に酒瓶が入ってる。暇ならそれでも飲んでろよ」

ミケーレは狭い小屋ですることがない。ネロが仕事をしている隣で、バタバタ掃除するのも気が引けるようで、食事を終えて後片付けを済ませると、所在なげにそこら辺の本を手に取っていた。

「どうりで背中がゴロゴロすると思った。けどまさか。君が一生懸命仕事をしてるのに、一人で酒を飲むわけにいかないよ」

「君に気をつかわれたら、俺も気をつかう。っていうか、狭い小屋で気詰まりなんだ。酒を呑むか寝るか、とにかく、適当にくつろいでいてくれよ。その方が俺も集中できるから」

ネロはやや乱暴に言った。ミケーレがちょっとしゅんとしたので、可哀想な気持ちになったが、彼にはくつろいで、できれば夜明けには眠っていてもらいたい。

「わかった。じゃあ、遠慮なく」

こくっと子供のように素直にうなずいて、ミケーレはどこからか古びた敷物を見つけてきて暖炉の前に敷いた。

その上に座って、酒瓶を開ける。つまみなどないが、逃亡中だ。贅沢《ぜいたく》は言っていられない。

「蒸留酒だ。ワインじゃないんだね。……ねえ、ネロ。たまに話しかけてもいい？」

寂しい子供みたいな口調で言うから、ちょっと胸がキュンとしてしまう。甘え上手め、とネロは悪態をついた。

「答えるかどうかわからないけどな。集中すると、人の声が聞こえなくなるから」

「すごいよね。それに、こんな難しい魔術書を読んでるんだろ。僕には何が何だかさっぱりわからない」

ちびちびと強い火酒を飲みながら、ミケーレは本を開く。ここに置いてあるのはすべて、魔術の専門書だ。素人《しろうと》がわからなくて当たり前だ。

「もし犬のままだったら、君の助手になるのもいいなって思ってたんだ。現実的な考えじゃなくて、夢の話。それこそ妄想なんだけど。この一か月近く、君との生活が思いのほか、楽しかったんだよ」

「……俺もだ」

作業をする手を止めず、ネロは答えた。

「俺は他人と同居なんて、気詰まりだって思ってたけど。君ときたら、うちの母親より家事が得意で、一流の執事みたく気が利くんだもの」

「それはよかった。たまの酒盛りも楽しかったね」

「ああ。四六時中君がいて、学生時代に戻ったみたいだった」

「これからも頻繁に会いに行くよ。もう、いろんな相手と遊ぶこともないから。それで、君の身の回りの世話をする。放っておいたら絶対、あの家はまた元通り混とんとするよ」

「混とんとしてて、悪かったな」

ミケーレはクスクス笑った。彼の声は、笑いすら、耳に心地よい。他人が傍《そば》にいるのは苦手なはずなのに、ミケーレの気配は今や、少しも気にならなかった。

「いいだろ、ネロ。これからも君の世話を焼かせてくれ」

「……ああ。給料が安くても構わなければ。ただし、薬用酒入りのシュガーボンボンを支給するよ」

「それはやめて」

今度は、ネロがクスクス笑った。

ネロは作業を続け、ミケーレは酒を舐《な》めつつ本を斜めに読み、たまに会話を交わして、そうやって夜は更けていった。

鍵が完成したのは、夜明け前のことだ。ミケーレは酒のせいもあって、うつらうつらしていたが、ネロは敢《あ》えて完成を告げなかった。

「ネロ……まだ仕事を続けるの？」

目を閉じかけては、ハッとして顔を上げている。ネロはまだ作業を続けるふりをしながら「ああ」と答えた。

「切りのいいところまでやったら、休むよ。君のモフモフに包まって眠る」

「モフモフ好きだよね」

「ああ。大好きだ」

モフモフのミケーレも、人間のミケーレも。心の中でつぶやいた。

暖炉のほうで、やがてミケーレの寝息が聞こえてきた。ネロは紙を取り、手紙を書いた。

ミケーレに宛てた手紙だ。

手紙を書き終える頃、窓の外が白んで、暖炉の前にいたミケーレも犬の姿に変わる。

もう、この可愛いシヴァ犬を見るのは最後だ。そう思うと、名残《なごり》惜しい気持ちがした。

伝書鳩を一枚使って、ミケーレの屋敷の執事に伝言を送った。この隠れ家の位置と、ミケーレがいること、迎えを寄越してほしいとしたためる。

ミケーレが起きてすべてを知る頃には、街から迎えの馬車が来るだろう。

それからもう一枚、伝書鳩をネロのための馬車を呼ぶのに使った。

そうして準備を済ませた後、ネロは鍵を持ってシヴァ犬に近づく。跪《ひざまず》いて、そのゴワッとした被毛に顔をうずめた。奥はモフモフしている。ゴワゴワモフモフのシヴァ犬を、思う存分吸った。

『う……くすぐったい』

犬がうわ言のようにつぶやき、モゾモゾと身じろぎする。起きるかと思ったが、しばらくしてすうすうと寝息が聞こえてきた。

ネロは持っていた鍵を、シヴァ犬の身体の上にのせる。起動のための呪文を唱えると、鍵は重曹を水に落としたみたいに、シュワシュワと微《かす》かな音を立てて消えた。

同時に、シヴァ犬の姿が消えて人間のミケーレになる。シヴァ犬の呪いは無事に解けた。

気持ちが良さそうに眠るミケーレを見て、ネロはホッとする。それから涙が出そうになって、慌てて立ち上がった。

そこらに落ちていたミケーレの服をかき集め、彼の身体の上にかぶせる。少しの間、彼の美しい顔を見つめていた。

無精ヒゲが伸びかけていたし、金色の髪はボサついていたが、それでもじゅうぶんに美しい。いや、美しくなくてもいいのだ。ネロはどんなミケーレも好きだった。

迷ってから、ネロはミケーレの額《ひたい》にそっと口づけをした。

（さよなら、ミケーレ）

音を立てないよう、街までの馬車賃だけを持って、隠れ家を出る。

森を抜けて街道に出ると、すでに馬車が来ていた。

「街まで……警備隊の本庁まで、お願いします」

御者《ぎょしゃ》に告げ、ネロは馬車に乗り込むと、目をつぶった。

涙がひとりでに流れて、なかなか止まらなかった。

『親愛なるミケーレ
黙って出て行ってごめん。結局、君に面と向かって真実を告げることができなかった。俺は意気地《いくじ》なしのクソ野郎です。

ごめんなさい。君に呪いをかけたのは俺です。

キアラ嬢から「婚約者の心を取り戻したい」と依頼を受けて、それが君だと知らずに呪いの魔術道具を作りました。

言い訳にしかならないけど、本当に君だとは知らなかった。それに、復讐のためではなく、あくまで婚約者の心を取り戻すためだったんです。今となっては、本当にただの言い訳にしかならないけど。

君のことが大好きで、尊敬していました。できればずっと友達でいたかった。裏切ってごめんなさい。

犯人は俺です。これから警備隊に自首します。キアラ嬢は、俺にそそのかされただけなので、責めないであげてください。彼女もミケーレに恋しただけなので。

さようなら。二度と会うことはないけど、君の友達でいられて幸せでした。ありがとう。

ネロ・ビアンキ』

獣を放った犯人として自首したネロは、二日間、警備隊の牢《ろう》に留置された後、三日目に釈放された。

警備隊には、魔術の個人的な研究で犬を作ったこと、誤って暴走させてしまったと証言し、キアラの名も出さなかった。

家に来た警備隊から逃げたのは、いきなり銃を持って家にやってきて恫喝《どうかつ》され、怖かったからだと言っておいた。

逃げる際に使った魔術は、目くらましと捕縛術だけだったから、怪我人《けがにん》も出ていない。

犬はミケーレの屋敷とその周辺で目撃されただけで、何もしていない。

ただ、これだけ騒がせたのと警備隊に逆らったので、犯人のネロがお咎めなしとはいかないだろうと思っていた。

ところが留置されて三日目の朝、あっさり釈放されたので驚いた。

「ミケーレ・アレグリ邸から出ていた被害届が取り下げられたのと、アレグリ伯爵からおとりなしがあった」

アレグリ伯爵とは、ミケーレの長兄のことだ。

伯爵の口添えがなかったら、いかに被害届が下げられていようと罰は免《まぬが》れなかっただろうと、担当の警備隊員が言っていた。

ミケーレが、兄に頼んでくれたのだ。ネロがしたことを知ったのに、助けてくれた。

留置所を出ると、街にあったシヴァ犬の手配書は残らず剝《は》がされていた。新聞を買って読んでみたが、犬に関わる記事はなく、周りの人に聞いても「獣？　ああ、そんなこともあったかね」という程度だった。

確認も兼ねて、いつも仕事で世話になっている魔術商会にも出向いてみた。誰も獣の事件の犯人がネロだとは知らなくて、いつも通りに仕事をくれた。

それから、ミケーレの屋敷の前まで行ったけれど、彼を訪ねる勇気はなかった。

今さら、どの面《つら》を下げて会えばいいのかわからないし、ミケーレが兄に口添えしてくれたのも、彼の優しさであってネロを許したわけではないだろう。

しばし屋敷の前でウジウジしていたが、結局何もできず退散した。

街で買い物をして、馬車で郊外の古屋に戻る。家は、ネロたちが逃げた時のままだった。

ミケーレが整頓して清潔に保たれたまま。でもシヴァ犬も、人間のミケーレもいなくて、がらんとしていた。

ずっと一人で住んでいたのに、家の中がやけに広く感じる。そして静かだ。

（この家は、こんなに静かだったっけ）

このひと月の間に独り言ではなく、頭の中でつぶやく癖がついていた。

でもまた、独り言に戻るだろう。静けさにも、家の広さにもすぐ慣れる。今までずっと、一人で暮らしてきたのだから。

そう自分に言い聞かせた途端、涙と嗚咽がこぼれた。

「う、う……っ」

これからずっと一人だ。もう二度と、ミケーレはこの家に来てくれない。彼にはもう会えないのだ。

あの美しい微笑みを見ることも、優しい声を聴くことも、彼の気配にドキドキすることもない。

「う、え……えっ」

ネロは泣いた。一人だから、泣いたって恥ずかしくない。

開き直って泣きじゃくった。頭が痛くなるまで泣き続けたけれど、胸にぽっかり空いた穴が塞がることはなかった。

その後もたびたび、自分のしたこと、ミケーレに嫌われたことを思い出し、ゴロゴロ床を転がりまわっては泣いた。

そうしているうちにも時間は経ち、腹は減るし厠《かわや》にも行きたくなる。仕事もしなければならない。

お隣のキノコ農家には、家に帰ってすぐ挨拶に行った。

やはり警備隊に通報したのは、おばあさんだったようだ。ネロが獣に食われたのではないかと、ひどく心配していて、ネロの顔を見るなり、無事で良かったと泣かれてしまった。

あの時は、通報なんて余計なことをしてくれやがって、とお隣さんを恨んだけれど、ネロを案じてのことだった。ミケーレの言った通りだ。

犬は魔術研究の一環だったと言い訳し、謝罪と礼を言った。帰りにはおすそ分けのキノコを籠いっぱい持たされた。

ネロは日常に戻り、そうして一日経ち、二日、一週間、ひと月と経っていった。

時が経ってもやっぱりミケーレのことを思い出し、床をゴロゴロしたけれど、その頻度も次第に減っていく。

生活は今までどおり、ただ、シュガーボンボン占いはやめた。

緑の薬用酒を見るたび、ミケーレと二人で占いをした思い出がよみがえり、少しも占いが楽しめなくなったからだ。

ボンボンの小瓶はミケーレと逃亡して以降、手が付けられないまま、食料棚の片隅に置かれている。

仕事をしている間だけはミケーレのことを忘れていられるから、ネロは今まで以上に魔術に没頭するようになった。

昼も夜もなく仕事場にいて、はっと時間が経っていることに気づく。でももう、ネロに「あまり根を詰めないで」と心配して、お茶を淹れてくれる人はいない。

前から身の回りのことに無関心だったが、最近は食事をするのも面倒になった。

掃除はしないし、洗濯も最低限だ。ミケーレが整えてくれていた家は、あっという間に散らかって、部屋は埃っぽくなっていった。

でも、ネロにはどうでもよかった。何日も風呂に入らず臭くても、自分一人だから気にならない。

そんな日々を送るうちに、いつの間にか二か月が経っていた。

そのことに気づいたのは、ミケーレが家を訪ねてきた時だ。

季節がすっかり夏に移り変わった頃、突然、ミケーレがネロの家にやってきた。

良く晴れた、暑い日だった。

ネロは前の晩から明け方まで仕事をした後、少しまどろみ、昼前に起きて、また仕事場で作業をしていた。

家中の窓という窓を開け放ち、下着姿で仕事場にいたが、やはり暑い。

三日前に夏用の魔術道具、「扇風機」を屋根裏から引っ張り出してきた。風量を最大出力にしているが、やっぱり汗をかく。

「俺、ちょっと臭いよな。そろそろ風呂に入るべきかな」

仕事の合間にブツブツ独り言をつぶやいた。夏場に二日も風呂をサボっていると、さすがに気持ち悪い。でも、お湯を沸かすのが面倒臭い。でもやっぱり臭い。

さんざん迷って風呂場に行き、水を浴びた。石鹼を泡立てて髪に擦りつけたが、ちっとも泡立たない。

三回洗ってやっと泡立つようになり、そういえば風呂に入ったのは二日ぶりだが、髪を洗ったのは一週間ぶりだったと思い出した。どうりで臭いはずだ。

身体中洗うとさっぱりして、今度は空腹を思い出す。でも食料棚は空っぽだった。

あるのはシュガーボンボンの小瓶と、お隣の差し入れのキノコだけ。そのキノコも、笠が開ききって黒ずんでいる。

「もう、これでいいや」

ボンボンの瓶を取り、無造作に一粒取って口に入れた。薬用酒味だった。

「うえぇ」

最悪の気分で、泣きたくなる。ミケーレの食事が恋しい。

どれも特別凝ったものはなく、優しくてホッとする味だった。いいところの育ちなのに、庶民の料理が上手だった。

もう会えない友達とその料理の味を思い出し、涙ぐむ。

その耳に、ガラガラと馬車の車輪の音が聞こえてきた。牛乳配達の日ではないから、幻聴だろう。

「幻聴まで聞こえてくるなんて、ヤバいな」

つぶやいてみたが、馬車の音は次第に近づいてきて、はっきりと聞こえるようになった。

やがてそれは、ネロの家の前で停まる。

馴染みの状況に、まさか、と思った。まさか、そんなはずはない。

ドキドキしながら居室へ行き、窓から外を覗いた。

金ぴかの馬車が一台、門の前に停まっていて、そこから男が一人、降りてくるところだった。

彼は松葉杖をついていて、御者は荷台から麻袋を下ろした後、男が馬車から降りるのに手を貸していた。

麻袋も御者が玄関先まで運び、松葉杖の男はその後ろをゆっくり歩いてきた。

「まいど」

御者は戸口の前で伝書鳩を一枚、男に渡すと、街へと戻っていく。

そこまで見届けて、ネロは窓から顔をひっこめた。

（なんで、どうして……）

心臓がドキドキと痛いくらい高鳴っていた。二度と来るはずのない男が、家の前にいる。

「ネロ、入るよ」

懐かしい声がして、扉が開かれた。

真夏の陽射《ひざ》しを浴びた金髪を煌めかせて、美しい男が入ってくる。

「……ミケーレ」

ネロは呆然としたまま、暖炉の前に立っていた。夢にまでみた、片想いの男がそこにいる。

幻聴に続く幻視だろうか。いや、きっとそうだ。

身体は固まったまま、頭の中は混乱して思考が取っ散らかっていた。立ち尽くすネロを目にしたミケーレは、上から下までネロを見た後、なぜか気まずそうにくるりと後ろを向いてしまった。

「ごめん。取り込み中だったのかな」

しばらく言葉の意味がわからなかった。ミケーレと同じように自分の身体を見て、「ああっ」と叫ぶ。

裸だった。風呂から上がった時のまま、すっぽんぽんの全裸だ。

「あっ、ごめん。今、ちょうど風呂に入ってて。すぐ何か着るから」

一人暮らしに戻り、風呂上がりに裸でぶらぶら歩きまわるのが普通になっていた。

慌てて奥に引っ込むネロの背後から、「いや、こちらこそ」とか、「急に来てごめん」とミケーレがモゴモゴ言い訳する声が聞こえてきた。

どういうことだろう。新しい服を取りに二階に上がりながら、ネロは考える。

真実を知って、ミケーレはネロを軽蔑していると思っていた。絶対にここには来ないだろうし、もしどこかで顔を合わせたとしても、悲しい目や苦々しい表情を向けられるだろうと想像していたのに。

でも今、ミケーレが訪れて、しかも怒ったり軽蔑したりしている様子もない。今までと何ら変わらない態度だ。

洗濯を怠っていたので、清潔な夏服は見つからなかった。新品のまま使っていなかった夏用の寝間着を箪笥《たんす》の中から発見し、それを身につける。

一階に戻ると、ミケーレは椅子にも掛けず立ったままだった。

「こんな恰好でごめん。ちょっと着替えがなくて。あ、椅子。もしかして、座れないのか」

松葉杖をついて、右足に包帯と添え木がしてある。骨を折ったのだろうか。

ネロが手を貸そうとすると、ミケーレは大丈夫だよと笑って、一人で椅子に腰を下ろした。

「骨折してたんだけど、もうだいぶいいんだ。勝手に座るのも悪いなと思って」

以前のミケーレなら、そんなこと気にしなかったのに。いつにない遠慮によそよそしさを感じ、やっぱり怒っているのだと気持ちが沈む。

それなのにネロを訪ねてきた理由がわからないが、ともかく街からわざわざ来てくれたのだ。お茶を出そうと茶葉の瓶に手を伸ばしたが、あいにく中身は空っぽだった。

「ごめん、お茶も切らしてるんだった」

「そう思って買ってきた。どうせ笠の開いたキノコくらいしかないと思って。麻袋に差し入れの食料が入ってるから、取ってくれないかな。この足だと、やっぱり動きづらくて」

「あ、うん。ありがとう」

ネロは玄関先に置かれた麻袋を手に取った。中にはお茶や酒、加工肉や野菜、魚の塩漬けなどが詰まっている。シュガーボンボンの瓶もあって、涙が出そうになった。

「これ、マッジョリーナ菓子店の……見たことない色が入ってる」

「新作だって。夏限定のザクロ酒」

新作で限定品なんて、きっと大人気ですごく手に入れづらかったはずだ。

どうしてここまでしてくれるのだろう。ネロは小さく礼を言い、そっと目じりを拭《ぬぐ》って台所へお茶を淹れに行った。

お湯を沸かし、新しい茶葉の瓶を開ける頃には、ほんの少しだけ気持ちが落ち着いていた。

ミケーレがここに来た理由はわからないけれど、会ったからにはきちんと謝らなくてはならない。

二人分のお茶が載った盆を手に、意を決して居室に戻る。

お茶のカップを渡す時、初めてちゃんとミケーレの顔を見た。

白く陶器のように滑《なめ》らかな顔に、うっすらとだが無数の傷があるのを見つけてびっくりする。怪我は足だけではなかった。夏なのに長袖のシャツを着ていて、その袖口から包帯が覗いていた。それも両手とも。

「君……あっちもこっちも怪我してるけど、大丈夫なのか」

ネロが言うと、ミケーレはバツが悪そうに頭を掻いた。

「はは、うん。もうだいぶいいんだ。一番ひどかったのは足だけで、あとは大した怪我じゃない。でも両足を怪我しちゃってね。おかげで、ここに来るのが遅くなっちゃった」

いったい、この二か月の間に彼に何があったのだろう。

(いや、そんなことより謝らなくちゃ)

書き置きの手紙でごめんと書いただけだ。ミケーレにきちんと謝罪をせず逃げてしまった。

ネロはぐっと唇を噛んだ。ありったけの勇気を振り絞る。

「ミケーレ、ごめん!」

叫ぶように言い、思いきり頭を下げた。

「俺は君を騙《だま》してた。手紙にも書いたけど、君をシヴァ犬にした犯人はこの俺だ。キアラ嬢からの依頼はただ、婚約者の心を自分だけに向けたいってものだった。醜い犬の姿に変える計画を持ちかけたのは俺なんだ。ごめんなさい。謝ったくらいじゃ罪は償《つぐな》えないけど……」

ふうっと深いため息が聞こえてきて、ずきりと胸が痛んだ。やっぱり、怒ってる。当たり前だ。

「あの日、隠れ家で目が覚めて、ネロがいなくなっていたのは正直、傷ついたよ。しばらく手紙に気づかなくて、君が僕を見捨てて逃げてしまったんだと思って、ちょっと泣いた」

「ごめん」

「それから手紙を見つけて。びっくりした。何が何だかわけがわからなくて、呆然としていたら、うちの執事が迎えに来たんだ」

ネロから迎えに来るように連絡があったと言われ、頭が整理できないまま家に帰った。すぐに警備隊に使いをやったが、ネロは手紙に書いてあった通り自首し、取り調べを受けている最中だった。

執事が出した被害届は取り下げたが、ミケーレの力だけではどうにもならないので、急いで長兄に連絡した。

「あの、ありがとう。おかげでお咎めなしで釈放された」

おずおずと顔を上げて言ったが、ミケーレは感情の見えない顔で「うん」とうなずいただけだった。彼が今、何を考えているのかさっぱりわからない。

「僕も、不在の間にネロがお使いをしてくれていたおかげで、商会の仕事にも支障はなかった。ありがとう」

やっぱり感情のこもっていない声で言われ、「うん、いや」とオドオドしてしまう。

「当然のことだから。俺のせいで大変だったのに、それくらいしかできなくて」

「それくらいじゃないよ。僕が逃げてきてからひと月、君は自分のことそっちのけで、ずっと僕のために働いてくれた。僕の気持ちも考えて。すごく嬉しかった。でもそれは、友情ではなく罪悪感からだって知って、悲しくなったんだ」

「それは……」

「あんな姿になって最初は絶望したけど、君のおかげでこの家での生活は楽しかった。君も同じだって思ってたけど、それは僕の勘違いだったんだなって」

「俺も……俺だって、楽しかったよ」

嘘をついていたけど、嘘ばかりじゃなかった。言い訳するのは卑怯《ひきょう》だけど、言わずにはいられなかった。

「人と生活するなんて無理だって思ってたのに、君との暮らしはすごく居心地がよくて。毎日が楽しかった。でも、君に感謝されるたびに罪悪感でいっぱいになった。君があんな姿になったのは、俺のせいなのに。でも、あの生活を楽しんでる自分がいて、ずっと続けばいいなんて思ってるのが、また申し訳なくて」

「うん。君がときどき、辛《つら》そうな顔をするのに気づいてた。何か、僕に隠していることがあるんだろうなって。手紙を読んで、まさかと驚いたけど、同時にああ君が苦しそうな顔をしていたのは、このことだったんだなって理解した」

「ごめん」

「どうして謝るの？」

斬り込むような口調に、戸惑った。そっと相手を窺うと、緑灰色の瞳がネロを真っすぐに見つめている。いつもの穏やかな笑みはなく、といって怒っているふうでもなく、ただ真剣だった。

「だって、それは……俺の魔術で、君がシヴァ犬になってしまったから」

「キアラの依頼でね。彼女に会いに行ったんだ。最初は会ってくれなかったけど、魔術を解いてもらったことと、ネロから君の話を聞いたと言ってどうにか面会を果たした」

ネロは息を呑《の》んだ。キアラはミケーレに、なんと告げたのだろう。

「まあ、ほぼネロの言っていた通りだったけど。僕の気持ちを取り戻したかった。魔術師にそう依頼をしたら、あの怪物の計画を提案されたって。なんだっけ、『ヤリチンを目覚めさせるぞ作戦』？」

「いや、たぶん違う」

ヤリチンを目覚めさせてどうする。

「キアラ嬢の浮気性の婚約者を、真実の愛に目覚めさせる作戦だったんだ。キアラ嬢は妊娠してなかったし、君は婚約者じゃなかったけど」

「うん。キアラの侍女からも話を聞いた。キアラはわりと、自分に都合のいいことしか話さないから。キアラは妊娠しているふりをして、君の同情を引いてたって。放っておけなかったんだろう？」

「う……」

その通りなのだけど、ここでうなずくのも自分に都合がいい気がする。ウジウジモジモジしていると、また深いため息が聞こえてきて、ビクッとしてしまった。

「僕がシヴァ犬になったのは、君のせいだよ」

冷たい声が降ってきた。氷よりも冷たい声が。こんなミケーレの声は、聞いたことがない。

「う……うん。ごめんなさい」

涙が出そうになった。それ以上は言葉が見つからず、うつむく。そんなネロに、ミケーレは「ごめん」となぜか謝った。

「ごめん。ちょっと意地悪した」

「え？」

顔を上げると、ミケーレはバツが悪そうな顔をしていた。ネロを見て、ほんのちょっとだけ笑う。

「なんか今日の君、意地悪したくなる顔してるんだもん」

「は？」

「じゃなくて、謝らせてごめん。確かに君の魔術でシヴァ犬になった。そういう意味では君のせいだ。でもだからって、すべてが君の責任じゃないだろ。君が背負い込んで自首する必要はなかったんだ」

「俺が依頼を受けたんだもの。魔術が暴走したら、俺の責任だよ」

「いいや、君はちゃんと、魔術を解く鍵をキアラに渡してた。それを燃やしたのは彼女だ。依頼者のキアラが約束を守らなかったんだから、それはキアラの責任なんだよ。もっと言えば、彼女にそこまでさせた僕が悪い」

途中まではゆっくりと、ネロを諭すように、最後はきっぱり言い切った。

ネロが相手を窺うと、ミケーレはそこで初めて、いつもの優しい表情に戻った。

「君を苦しめて、ごめん。迷惑をかけて、ごめん。君は悪くない。真実を打ち明けてくれなかったことは悲しかったけど、あんな状況だったら、僕でも話す勇気はなかったと思う」

「み、ミケーレ……っ」

そんなふうに言ってもらえるなんて、夢にも思わなかった。もしかしたら、妄想かもしれない。

「これ、俺の妄想かな」

思わず声に出すと、クスッと笑われた。

「夢でも妄想でもないよ。そんなふうに思い詰めるまで悩ませて、ごめんね。僕を許してくれる？」

「許すだなんて……。俺のほうこそ。俺のこと、許してくれるのか」

「もちろん。でもこれだと、お互いに謝り合戦になっちゃうね。喧嘩《けんか》したわけじゃないけど、ネロ。僕と仲直りしてくれる？」

「うん」

テーブルの向かいから差し出された右手を、ネロは取った。途端にギュッと強く握られる。ちょっと痛かったけど、それが嬉しかった。

ホッとして涙が込み上げてきた。ところがミケーレはいつまでも、ぎゅうぎゅう手を握り続ける。そうかと思うと、身を乗り出して顔を近づけてきた。

「み、ミケーレ？」

戸惑いつつ声を上げると、ミケーレはそこでハッと我に返ったように瞬きする。慌てたように顔と手を引っ込めた。

「ごめん、つい」

何がつい、なのかわからない。彼は誤魔化《ごまか》すようにニコッと笑い、「ふーっ、危ない危ない」

などと、独り言をつぶやいた。

ミケーレの挙動が不審だ。ネロの奇行が伝染したのか。

「ハイッ。じゃあ、仲直りはこれで終わり」

「え、終わり？」

終わっちゃうの、と不安になっていると、またにっこり微笑まれた。ミケーレの美しい笑顔は破壊力があるので、挙動が不審でも許せてしまう。

金髪の貴公子はそこで、

「ちょっと、そっちに移動してもいい？」

と、これまた唐突にネロの隣を示した。

「向かい合わせだと、なんか距離があるから」

「え、うん。それはいいけど」

仲直りは終わりだけど、何かを始めるつもりのようだ。

ミケーレは松葉杖をつきながら、ネロの隣の席に移動した。ネロもよくわからないまま移動を手伝う。

移動を終えてネロの隣に座ると、ミケーレは、ふう、と一息ついた。

「大丈夫か？　両足折ったって言ってたけど。顔も手も傷だらけだし」

「はは、僕もここまで修羅場になると思ってなかったよ。ほら、君にも話しただろ。元に戻ったら、もう前みたいに遊ぶのをやめるって。一人一人会って、関係を清算してきたんだ」

一緒に暮らしていた時、もう無節操に付き合うことはしないと言っていた。誠実になると。

ミケーレはそれを実行したのだ。

「みんなと向き合ってみて、本当に自分は身勝手だったんだなって、実感した」

ミケーレは少し悲しげに言い、恋人たちとの別れの顛末《てんまつ》をかいつまんで話してくれた。

……もう、気持ちを伴わない付き合いは終わりにする。今後は本当に愛し合った人とだけ交際する。今まで不誠実でごめんなさい。

そんなふうに告げたミケーレに、恋人たちはみんな驚いた。

中には「変わったな」と、ミケーレの変化を喜んで、あっさり別れてくれた人もいたけれど、馬鹿にしてるのかと憤慨する人も多く、じゃあ私のことは本気じゃないのひどい、と取り乱す人も同じように多くいた。

「まあ、君の言い方だと、当然そうなるかもな。あなたとは本気じゃなくて遊びだったたって、本人に面と向かって言ったわけだから」

それは無理もないな、とネロがうなずきつつ言うと、ミケーレは痛いところを突かれたというように、ぐっと言葉に詰まった。

「今さら弁解するようだけどさ。いちおう、付き合う前に断ってたんだよ。他にもいっぱい恋人がいるけどいい？　って」

最初に断ればいいという問題ではない。それは誠実ではない。

自分でも、わかっているのだろう。ぽそぽそと小さな声で言い訳を口にした後、しゅんと肩を落とした。

「それでもいいよ、って相手が言ってくれて、それでいいんだって、僕は都合よく考えてた。恋をするってどういうことか、わかってなかったんだな。怒られるのは当たり前だよね」

別れ話を切り出した恋人たちには、詰《なじ》られたり罵《ののし》られたり、直接手が出ることもあった。それが、ミケーレが傷や怪我を負った理由というわけだ。

「ぶたれたり引っかかれたり、鈍器で殴られたり、剣を突き付けられたこともあった。銃を向けられてお前を殺して俺も死ぬって言われた時は、びっくりしたなあ。本当に撃ってくるんだもん。必死で逃げて、二階から落ちた時に骨折したんだ」

「よくその怪我だけで済んだな」

「うん。散弾銃じゃなくて幸運だった」

幸運を感じるところが違うと思うが、とにかく命が無事でよかった。

「でも、それもこれも僕が、彼らの気持ちを踏みにじってきた報いだ。そのことに気づけた。僕はシヴァ犬になって良かったって思ってるんだ」

ミケーレはすごい、とネロは思う。

シヴァ犬に変えられて街を追われ、人間に戻ってからも恋人たちから散々な目に遭わされたのに、彼は誰に対しても恨み事を言わない。彼が取り乱したのは、シヴァ犬に変えられた直後だけだ。

なおかつ、自分の行いを省みて、過去の経験も良かったと言える。

これがネロだったら、自分をこんな目に遭わせた奴の名前を一人一人、恨み日記に書き記しておくところだ。

「本当に良かった。君と暮らして、自分の気持ちにも気づくことができた」

不意に、相手の眼差しが鋭くなったような気がして、ネロはどきりとした。

「君の気持ち？」

ミケーレはこくりと首肯する。テーブルに並んで座っているのに、ネロはテーブルに向かい、ミケーレはネロを向いている。何だか変な位置だなと、遅まきながら気がついた。

「前にも言ったかもしれない。僕は君と、今日まで友達のままでいて良かった。君が鈍かったのも幸いした」

つるっと失礼なことを言うので睨んだら、「そういう意味じゃなくて」と慌てて訂正された。

じゃあ、どういう意味だ。

「他の人たちとは友達でいても、何かの拍子でキスしちゃったり、なんかいい雰囲気になって、それ以上のことをしちゃってたんだ。でも君は、いい雰囲気になっても気づかないし」

いい雰囲気とは何か、恋人がいたことのないネロには今一つピンと来ない。

「たとえば僕がこの家で酔っぱらって、君が二階に運んでくれるだろう。僕は君の寝室に行こうとするけど、君はちゃんと隣の部屋に連れて行ってくれる。流されたりしない」

それが「いい雰囲気」とやらなのだろうか。聞いてもさっぱりわからないのだが。

「僕がキスしそうになっても、真っ赤になってプイッとするだけだし。君は鈍かったし、僕も強引にそれ以上のことをすることはなかった。たぶん、自分でも無意識のうちに自制していたと思うんだ。この友情は、一時の欲望で壊しちゃいけないって」

「君が自制のきく男で良かった」

皮肉っぽく、ネロは言った。別に、他の人と同じように手を出してくれて良かったのだけど。でもたぶん、そうなったらネロもキアラのように粘着的な恋人になっていただろう。友情も壊れただろうし。

するとやっぱり自分たちは、ミケーレの言う通り、友人のままで良かったのだ。

「うん。でも僕は、性懲《しょうこ》りもなく君に手を出そうとしてたんだよね。今までだったら、一度粉をかけてうまく行かなかったら、その相手にはそれ以上、深追いしなかった。でも僕は君に対してだけは、酔ってるふりしてキスしようとしたり、性懲りもなくベッドに連れ込もうとしてた」

ネロは気づかなかった。気づかなくてよかった。

「高校を卒業してから、ずっと自分から連絡を取り続けてるのも君だけだし」

「そうなのか?」

てっきり、誰に対してもそうなんだと思っていた。社交的な人はみんな、そういうものなのだと。

でも違ったらしい。ミケーレには何もしなくても、周りが連絡を取ったり、会いに来たりする。そうでない相手とは疎遠になる。

たとえ疎遠になっても、気にしなかったとミケーレは言う。

「でも君とは、付き合いを続けていたかった。馬車で往復二時間かけても、君に会いたかったんだ」

会いたかった、という声が熱っぽく聞こえた。そして何やら先ほどから、ミケーレの身体がどんどん前のめりになって、ネロに近づいている。

「友情とか愛情とか、そういう違いが今までの僕にはわからなかった。恋っていう感情も、ピンとこなかった。胸がきゅんとするらしいけど、きゅんとする前に大抵、相手が跨ってきたから」

中学の頃から教師とそういう関係になっていたミケーレだ。彼が熱っぽく見つめれば、相手から服を脱ぎ始める。恋がどういうものか、深く考える間もなかったのだろう。そう考えると、気の毒にも思える。

「でも君と一緒に暮らすうちに、だんだんわかってきた。恋ってものが。君と毎日会えるのが嬉しい。馬車に揺られなくても、恋人から逃げてきたって口実がなくても、君といられるんだ。それがすごく嬉しいことだって気がついた」

ネロはまじまじと隣のミケーレを見た。彼の言葉を頭の中で反芻《はんすう》する。

（それはつまり、どういうことだ。俺への気持ちが恋とか、そういうことか？　いや、それはさすがに考えすぎだろう）

ミケーレもネロを見つめている。笑顔もなく真剣で、頭が混乱する。

「人の裸なんか男も女も見慣れてるのに、ドキドキするのは君だけだ。今だって、上から覗いた拍子に襟元《えりもと》から君の乳首が見えて、勃起しそうになってる」

それを聞いて、ネロは思わず襟元を押さえた。ミケーレが素面《しらふ》で、そんな下ネタを発するとは。

椅子ごとちょっとミケーレから距離を取る。ミケーレはにこっと、上辺だけはさわやかな微笑みを浮かべて、「いきなり手を出したりしないよ」と言う。

「君が僕の姿に関係なく、僕のために働いてくれるのも嬉しかった。迷惑をいっぱいかけているのに、見捨てずにいてくれて」

「でもそれは」

犯人が自分だからだ。そう言おうとすると、ミケーレはわかってる、というように目顔でネロの言葉を制した。

「君は当たり前のことだって言うよね。でもキアラは、僕をシヴァ犬にした本人は僕を助けてくれなかったよ。それどころか、あの姿を見て夢が覚めたって言ってた。でも君は違う。それにたとえ、あの魔術が君のせいじゃなくて、他の魔術師がやったことでも、君は助けてくれただろう？」

「それは、もちろん。でも、シヴァ犬の姿には怯えてたと思う」

「でも、僕だってわかれば助けてくれる。君はそういう奴だ。一見、ひねくれて薄情に見えるのに、純粋で情に厚い。僕は君のそういう、ぶっきらぼうな優しさに学生時代から何度も救われてきたんだ」

緑灰色の瞳が、まるで愛しいものを見るようにネロを見つめている。その真剣なまなざしの美しさに、ネロは胸を突かれた。

ミケーレのことは美しいと思っていたけれど、これほど綺麗な瞳を初めて見る。

「ネロ。前置きが長くなったけど、つまり僕は君に恋してるんだ。正直、君に伝えようか迷った。今までの僕の行状を見ていたら、いくら恋人たちと切れたって言っても、とても信じてはもらえないと思ったから」

それはそうだ。恋してると言われても、その瞳がどれほど真剣だとわかっても、まだ半分くらい信じられずにいる。

「このまま友達として、君の傍にいるのがいいかもしれないと思った。でも諦《あきら》めきれなかった。君はあまり人付き合いをしないけど、それでもいつか誰かと出会って、いい関係になるかもしれない。僕以外の誰かと。そんなの耐えられない。だから告白することにした」

ネロ、ともう一度名前を呼んで、ミケーレの手がネロの手を握った。唐突だったから、ネロは「わ」と声を上げてしまう。

「僕は君が好きだ。愛してる。キスもしたいしそれ以上のこともしたい。一緒にいたらドキドキするし、君のぷっくりした唇とか、そばかすの浮いた鼻先が、どうしようもなく可愛く見えて、食べてしまいたくなる」

ミケーレの言葉は、握られた手と同じくらい熱かった。彼が真剣に言ってくれているのはわかる。

「こんなに好きになったのは君だけなんだ。絶対に浮気しない。これから一生、君だけにする。君とできないなら、もう誰とも寝ない。……いきなり友達からこんなことを言われたら、戸惑うと思うけど。これが今の僕の気持ちなんだ。すぐには無理かもしれないけど、僕と付き合うことを検討してみてくれないかな」

恋人にしてくれ、というのではなく、付き合いを検討してくれ、という奥ゆかしさに、ミケーレの本気が垣間《かいま》見《み》えた。

本当に真剣に、ミケーレはネロを好きだと言っている。ネロは唇を噛んでうつむいた。

「だめかな」

不安そうな声が聞こえて、慌てて首を横に振る。降って湧いた幸運に、喜ぶよりも恐ろしくなった。人生初めての出来事に、怖気《おじけ》づいてしまったのだ。

「すごく嬉しいよ。でもあの、俺は君が思ってるような人間じゃないんだ」

「どういうこと？」

話を聞くよ、というように、ミケーレはネロを覗き込んだ。ネロは目を逸らしそうになり、それではだめだと自分を叱咤《しった》する。

ミケーレは、勇気を出して告白してくれたんじゃないか。今までだって、彼の方から会いに来てくれたから、付き合いが続いていた。いつまでも甘えていてはだめだ。

ウジウジせず、自分も勇気を出さなくては。

「僕は、出会った頃から君が好きなんだ。君に恋してた」

「そうなの？」

思いもよらなかった、という声で言われて、恥ずかしくなった。不安になってミケーレを見ると、相手はちょっと目を瞬《しばた》いてから、照れ臭そうに赤くなった。

「あ、いや。そうかなって思った時もあったんだ。よく僕が近づくと真っ赤になってたから。でもさっきも言った通り、いくら粉をかけても反応がないから、気のせいなんだって思って。

……でもあの、本当に？」

ネロはこくりとうなずく。

「僕だって他の人間と同じさ。君に下心があったんだ。君のことが好きで、でも人気者の君は僕なんか手を出さないって思ってた。それなら友達として傍にいたいって思って……」

「――ああ」

ミケーレがいきなり大袈裟《おおげさ》なため息をつくから、びっくりして言葉を切った。ミケーレは何か奇跡を見るかのように、目を見開いている。

かと思うと、本当にいきなり、ネロに抱きついた。

「良かった。君が最初に僕に告白しなくて良かった。僕も君に手を出さなくて良かった」

「……良かった、のか？」

「うん。だって今までの僕は最低だったもの。その時に身体の関係があったら、君との友情は今日まで続いてなかったかもしれない。僕は本当の愛を知らないまま、いつか不倫相手に猟銃で撃ち殺されてたかも」

そうかもしれない、とネロも思う。容易に想像できる未来だ。今までのミケーレだったら。

「奇跡だよ。いや、これは運命だ。僕が初めて恋した君が、僕のことを好きだなんて」

「んな、大袈裟な」

ネロが突っ込むと、ミケーレは「大袈裟じゃないよ」と怒ったように言う。

「嬉しいな。でもそれなら、両想いってことじゃないか」

まだ何か心配事があるのか、とミケーレはネロに抱きついたまま尋ねる。

「え、だって。俺が君に親切にしたのだって、君を好きだったからだぜ。シヴァ犬の件だってそうだ。他の奴ならこんなに必死にならなかった。金を取ってたし、シヴァ犬は隠れ家に押し込んで一緒に暮らしたりしなかったかもしれない」

「それが君の言う、下心ってやつ？」

そうだ、とうなずくと、たっぷり間があってから「君って……」と呆れたような声が聞こえた。

「なんていうか、思ってた以上に純粋なんだな」

「馬鹿にしてるように聞こえる」

不貞腐れて答えたが、内心ではビクビクしていた。こんな下心を知っても、ミケーレは自分を嫌いになったりしないのだろうか。

「僕だって、どうでもいいやつに親切になんかしないよ。そりゃあ、困ってる人がいたら助けるけど。でもそれも、お金と人を使ってどうにかすると思う。献身的に尽くすことはしない。誰だってそうだよ。好きな相手だから大切にするんだ」

最後の言葉はわかりやすくて、ネロの心にすとんと落ちた。

好きだから大切にする。下心と言うと悪いことのようだが、人の気持ちとして当たり前のことだったのだ。

純粋なのではない。自分は今まで人付き合いを避けてきて、だから当たり前のことがわからなかったのだろう。

「まだ何か、不安がある？」

ほんの少し抱擁を解き、でも吐息のかかるくらい間近で、ミケーレが問いかける。優しくて甘い声音だ。ローズシロップのシュガーボンボンみたいに。

心地よい声音に、ネロも素直に心を開いた。

「うん。不安ていうか、怖い。俺、誰かと恋人になるなんて初めてだから。それに君は、俺にとって誰より大切な人なんだ。大切な友人だった。恋人になって、もし別れたりしたら……君との関係が終わるのが怖い」

付き合う前から終わる話かと、呆れられるかと思った。

「僕も怖い」

でも、意外な言葉が返ってきて、ネロは思わず相手を見る。ミケーレが照れ臭そうに微笑んだ。

「怖いよ、僕だって。真剣に愛したのは君が初めてだもの。ここに来るまでも、断られるかもしれない、そしたら友情も終わるかもって怖かった。でも、怖がって何も始めないでいるなら、今までの自分と何も変わらない。変わろうって思ったのに、これじゃあ以前と一緒だ。だから前に進もうと思った」

ミケーレの真剣な言葉が一つ一つ、ネロの心に刻まれていく。

「君と両想いだってわかって、でもやっぱり怖い。君が言った通りだ。もし別れて君と二度と会えなくなったらって考えたら、頭がおかしくなりそうだ。でもそれで付き合わずに友情のままでいるなんて、もうできないよ。だからさ、二人で頑張ろう。この先もずっと一緒にいられるように」

ミケーレは普段は軽薄だけど、でも頭がいいし、考えてなさそうでちゃんと物事を考えている。ネロなんかよりよっぽど真面目に。

「友達じゃなくて恋人になったら、もしかすると今まで見えなかったお互いの部分が見えてくるかもしれない。それがいい部分とは限らない。でもね、君との十数年の付き合いで、君の本質はじゅうぶんに理解してるつもりだよ。君もそうだろ。お互いに、ただ隣に突っ立ってたわけじゃないんだ」

「うん」

「僕が犬になるなんて、あんなとんでもないことがあって結ばれるんだ。これから何かあっても、二人で乗り越えられるって信じてる。まだ不安なことはあると思うけど、どうか僕の恋人になってほしい。できれば生涯の恋人に」

これは夢でも妄想でもない。魔術で作ったまやかしでもなく、こんなことが現実に起こるのだ。

ネロは生まれて初めて魔術の存在を知った時みたいに、不思議な感動を覚えた。

「うん、なる。君の恋人に。俺も、君と生涯添い遂げる努力をする」

世界がキラキラ輝いている。その輝きの源はミケーレだ。ネロは、敬虔《けいけん》な気持ちで決意を口にした。

自分はウジウジした根暗なオタク野郎だ。ミケーレに相応《ふさわ》しい相手かと聞かれたら、まだ自信はない。

でも、大好きな魔術に対しては、熱意をもって真摯《しんし》に打ち込んできた。不可能に見えた魔術も、根気よく諦めず打ち込めば必ず解決する。

魔術と同じように、いやそれ以上に、ミケーレのことが大好きだ。だからこれからは臆さず、ミケーレと自分の気持ちに向き合っていこう。

「君が好きだ、ミケーレ。俺を恋人にしてほしい」

緑灰色の瞳が潤《うる》んで、金色の長いまつげの縁が濡れるのが見えた。でも涙はこぼれず、ミケーレは目を潤ませたまま微笑んだ。

「ありがとう、ネロ。大好きだ。愛してるよ、僕の魔法使い」

おとぎ話に出てくるような呼び方で、ミケーレはネロを呼んだ。ぎゅっと強くネロを抱きしめる。ネロもおずおずと腕を回し、それから意を決して強く抱き返した。

二人は長いこと、そうやってお互いの体温を確かめ合っていた。

「それでいきなり、これか」

ネロが真っ赤になって言う。上から覆いかぶさってきたミケーレが、「え、今さら？」と首を傾げた。

「やっぱり嫌だった？　また今度にした方がいいかな」

ひどく悲しそうな顔をする。シヴァ犬の時だったら、耳がぺしょっと寝て、尻尾も足の間に挟まっているだろう。

「嫌……ってわけじゃない。ただ、さっきの今だから。まだ戸惑ってるっていうか。俺は何もかも初めてでさ」

ぼそぼそ言うネロに、ミケーレは今度は、嬉しそうに微笑んだ。

「すごく嬉しいよ。処女にこだわるわけじゃないけど、ネロの初めてが僕ですごく嬉しい」

「そ、そうか」

良かったな、と言ったものの、やっぱり戸惑っている。

おかしい。自分たちはなぜ、二階のネロのベッドの上にいるのか。しかもすでに裸だ。

さっきまで一階の居室にいて、両想いの抱擁を交わしていたところだった。

想いが通じ合ったことに感動し、この先もずっと一緒にいよう、と心に誓っていた。

抱擁を解いて、「キスしてもいい?」とミケーレが遠慮がちにたずね、自分が顔を赤らめながら応じたのは覚えている。

(それからどうしたんだっけ)

初めて恋人とするキスに、ネロはたちまち陶然となった。ミケーレの口づけが巧みだからというのもあるだろう。

キスだけでこんなに身体が昂《たかぶ》るのだ、と妙なことに感心し、「このまま二階に行こう」とかなんとか、促されたのは覚えている。

ネロが松葉杖の代わりになって、二人でイチャイチャしながら階段を上った。その途中も情熱的なキスをされて、二階に上がるまでずいぶん時間がかかったと思う。

寝室に入ってからも抱擁とキスを繰り返し、ミケーレが巧みなので、ネロは自分も上級者になったような気がした。

二人で抱き合ってベッドに沈み込んだけれど、ポイポイッと景気よく服を脱いですっかり裸になってから、はたと我に返った。

もしかして自分たちは今から、交接しようとしているのか。さっき告白したばかりなのに。

ネロの考える恋人というのは、もっとこう、告白し合った後に、観光地のお花畑なんかで手を繋《つな》いでキャッキャウフフして、街の喫茶店で一緒にレモネードなんか飲んじゃったりして、半年くらいしてからやっと性交するんだと思っていた。

恋人としてのあれやこれやが、だいぶ省略されている気がするのだが。

「喫茶店で一緒に色付きソーダ水飲んだり、王宮の庭園開放日にバラ園を見て回るのは、また改めて行こうね」

ミケーレは、チュッと音を立てて唇をついばみ、そんなことを言った。

「なんで、俺の考えてることがわかるんだ」

「わかるよ。十年以上の付き合いがあるんだもの」

「君はすごいな」

感心して言うと、ミケーレはちょっと困ったように、でも愛しくてたまらないというように微笑んだ。

「可愛いなあ、ネロは。どうしよう。もう今、いっぱいいっぱいなんだ。君に優しくしたい。誰より大切にしたいのに、その気持ちは本当なのに、同時に君をめちゃくちゃにしたいとも思うんだ。頭からかぶりついて、ドロドロに犯したいって」

犯したいなんて、およそミケーレらしくない言葉でびっくりした。ネロが大きく目を見開くと、ミケーレはバツが悪そうに視線を外した。

「何だかケダモノになったみたいで、僕が僕じゃないみたいなんだ。シヴァ犬の部分がまだ残ってるのかな」

「いや……魔術にそんな効力はないはずだが」

鍵を使ったと同時に、シヴァ犬はすべて消え去った。後には抜け毛の一本さえ残らなかったのだ。あんなに毛が抜けてたのに。

「じゃあ、これは僕の本質なんだ。可愛い僕のネロ。ガラスみたいにそうっと大事にしたい。砂糖菓子みたいに甘やかして、蜂蜜《はちみつ》みたいにトロトロにして……がぶっと食べちゃいたい」

「お、落ち着け、ミケーレ」

喋りながらもミケーレは、仰向《あおむ》けにベッドに転がったネロに繰り返しキスをする。

ただキスをするだけでなく、ネロの頬や首筋、身体のあちこちを撫《な》でたり、下半身をぐりぐり擦りつけてくるのだ。

ミケーレの性器はとっくに勃起していて、硬く熱いものをネロの性器と擦り合わせる。

初めての感触に、ネロは興奮しながらも戸惑い、まさに「いっぱいいっぱい」だった。

「ネロ、君がほしい」

ミケーレは熱っぽい目でネロを見つめながら言った。「ちょうだい」と、甘えた声でネロの唇を貪《むさぼ》る。

「あ……待っ……ミケーレ、もう、動くな」

ミケーレが起こす下腹部への刺激に、射精しそうになった。慌てて相手の足に自分の足を絡め、動きを制止する。ミケーレの使い込んだ性器とは違う、こっちは感じやすいのだ。

「それ以上したら、出ちゃうだろ」

だめだと睨んだのに、ミケーレは頭に花が咲いたみたいに嬉しそうな顔をした。

「ああ、ネロ。可愛い。なんて可愛いんだ」

はあはあ、と息遣いを荒くしながらキスを繰り返す。ネロが足をからめて不自由なのに、腰を使ってさらに擦りつけてくる。

しかし、ネロが込み上げる射精感に身体をわななかせたその時、はた、と動きを止めた。

「だめだ。一番最初なんだから、きちんとしなくちゃ」

「う、うん」

きちんと、とはどんなだろう。初心者にはよくわからない。ミケーレは身を起こすと、先ほど脱ぎ散らかした服をゴソゴソし始めた。

間に、「いてて」と顔をしかめるから、怪我した足が痛むのかと心配した。

「さっきから足に体重がかかってるみたいだけど、大丈夫か」

「あ、うん。もうこっちは、ベッドで運動するくらいは平気。いや、勃起しすぎて痛くて」

「……ひっぱたいてやろうか」

地を這《は》うような声でつぶやくと、「なんでっ？」とミケーレは情けない声を上げた。

「いや、何となくムカついた」

「そういう脈略のないところも好きだよ、ネロ。ツンツンして可愛い」

もう、今のミケーレには何を言っても無駄らしい。頭に花が咲いてる。

ミケーレが服の中から引っ張り出したのは、小さなガラス瓶だった。「潤滑油」だと、ミケーレが教えてくれた。

男同士でする時に使うらしい。「新品だよ」と慌てて言い募っていたけれど、そんなことは別に心配していなかった。

さっき告白したくせに、どさくさに紛れてそんなものを忍ばせていたところが小憎らしい。そう言ったら、ミケーレは「だって」と口を尖《とが》らせた。

「君ともしこういうことになった時、すんなり事が運んだほうがお互いに気持ちいいだろ」

丸め込まれているようでムカつくが、口を尖らせたミケーレが可愛いので許してしまう。

「わかったよ。こういうのは君に任せる。でも、変なところがあっても笑わないでくれよな」

もういいや、とネロは観念した。決して投げやりになったのではない。

ミケーレはきっとここに来るまでに、いっぱい考えたのだろう。真剣に考えて、その上で潤滑油の小瓶なんて忍ばせてきたのだ。

それに、ネロみたいに恥ずかしがっていたら、いつまで経っても先に進まない。

ならば想いを通わせたその日に、一足飛びに身体を繋げたってかまわないだろう。

実際、ネロだってしたくないわけではないのだ。ミケーレの彫像みたいに美しい裸体を見た時から、ひどく興奮している。あとは勇気を出して前に進むだけだ。

「笑ったりなんかしないよ。受け容れてくれてすごく嬉しい。ありがとう、ネロ。大好きだ」

本当に嬉しそうに言い、ミケーレはネロにキスをする。

「愛してる。絶対に気持ちよくするから、怖がらないで」

ミケーレの声音は少し苦しそうに上ずっていて、こちらを見下ろす彼の美貌がいつもより男臭く、野性的に見えた。

窓からの陽射しを浴びて、彼の額にうっすら浮かんだ汗が煌めいている。

そういえば、今は昼なんだよなあ、と胸の内でつぶやいた。こんな明るいうちからやらしいことをするなんて。

すぐ視線をずらせば、ミケーレの逞しい肢体がよく見える。

大理石を削り出して彫られた彫像のように、滑らかでわずかなシミもなく、人々の理想を投影したように均整が取れている。

金色の陰毛は意外に濃く、へその近くまで伸びていた。欲望に滾《たぎ》った性器は、赤黒く逞しく脈打っていて、見る者を陶然とさせる。

どこもかしこもなんて美しいんだろうと、ネロは恋人の全身を眺めてうっとりした。

そこではたと、自分の貧相な身体も相手からばっちり見えているのだと気づく。勢いで脱いでしまった……というか脱がされていたのだけど、ミケーレの完璧な肢体と比べたら、自分のそれは畑の案山子《かかし》だ。

「どうして隠すの」

モジモジと両手で身体を隠すと、ミケーレは「見せて」と子供を諭すような口調で言い、ネロの腕を摑んだ。ミケーレの腕は、ネロよりずっと力強い。上から押さえられたら身動きができなくなる。

「あまり見ないでくれないか。その、俺の裸……君と違って、貧相で、見るに堪えないから」

言っているうちに恥ずかしくなって、ふい、と顔をそむけた。

「ぜんぜん。貧相なんかじゃないよ。ネロの裸は綺麗だ。赤ん坊みたいにすべすべで可愛い。どこもかしこも美しい」

この男の目は絶対、おかしくなってる。

でも、熱に浮かされたみたいに、綺麗、可愛い、美しいと賛辞を並べられ、さらに「愛してる」「好きだよ」と繰り返されれば、劣等感も太陽に照らされた水のごとく干上がっていく。

「少し足を開いて。そう、素敵だ」

ミケーレは優しくネロを導きながら、足の間に潤滑油を塗った指を潜らせた。

「ひ、ぅ」

後ろの窄《すぼ》まりに、ミケーレの指が入ってくる。異物を挿入される感覚に身を竦《すく》め、恥ずかしさに思わず顔を手で覆った。でもミケーレの指は止まらない。

「力を抜いて。ネロ、ああ、愛してる。君のここ、すごく熱くて柔らかい」

うわ言のように喋りながら、指を出し入れする。潤滑油を足してはまた潜り込ませ、ネロのそこが文字通りトロトロになるまで塗りたくった。

「ネロ、ネロ。顔を見せて」

「や、やだ。恥ずかしい」

「恥ずかしがるネロも、すごく可愛いね」

馬鹿、と両手で覆った指の間から睨むと、ミケーレはニッコリ笑ってすかさずその指の隙間にキスをした。そのまま何度も、手の甲や手首にキスをする。

「もっと可愛い顔を見せて。顔を見たまま入れたい」

「あ、や、あ……もう」

くすぐったくて手をどけると、今度は顔のあちこちに唇が下りてきた。口づけをしながら、器用にネロの足の間に腰を潜り込ませる。

入れるよ、と囁《ささや》かれてすぐ、指よりずっと太くて硬いものが、ネロの中に入ってきた。

「あ、あ……」

痛みはなかった。ずぶずぶと、思っていたより簡単に根元まで入れられる。ミケーレの濃い下生えがネロの尻をくすぐった。奥がうずうずする。

ミケーレが「ああ」とため息をついた。

「ネロ、ああ……上手に飲み込めたね。痛くない？」

何だか胸がいっぱいで、声が出なかった。こくっとうなずくと、ミケーレが優しくネロの

額を拭《ぬぐ》ってくれる。それから鼻の頭と唇にちょんとキスをした。

「嬉しい。君と繋がれて、気持ちがよくて。それにすごく幸せな気分だ」

「お、俺も……」

ミケーレと繋がっている。彼が自分の中にいる。

「熱くて、すごくきつい。でも柔らかくて……」

低く喘《あえ》ぎ、ミケーレはゆっくりと腰を穿《うが》ち始めた。浅いところを突かれるたび、腹の奥のうずうずが強くなる。

「あ、ミケーレ、なんか……」

「ここ、気持ちいい？」

ネロの反応を見て、ミケーレは浅いところばかり突いてくる。射精感が込み上げてきて、ネロは思わず腰を揺らした。

「あ、ああ、ネロ……自分から腰を振ったりして……ダメだよ。気持ちが良すぎる」

「だ、だって……う、ぁあ……」

どうしよう、すごく気持ちがいい。初めてなのに、こんなに気持ちよくていいんだろうか。

ミケーレに幻滅されないかな、と一瞬不安になったが、目が合うと、嬉しそうに微笑まれた。それからミケーレは笑いを消し、思いきり腰を振りたくる。

「や、あ、だめっ、急に……っ」

「イッちゃう？　いいよ。一緒にイこう。あ、く……っ」

ミケーレに手を握られ、さらに激しく腰を穿たれる。強い快感が稲妻のように全身を駆け抜けた。

「あ、あっ」

「ネロ、ネロ……ああ、すごい……」

ミケーレは極まったように手を離し、代わりにネロの身体を抱きこんだ。腹の間でネロの性器が擦られ、前と後ろの刺激に意識を失いそうになった。うわ言のようにネロを呼ぶ恋人の声を聞きながら、二人の腹の間で射精する。

「……っ、うっ」

同時に耳元で呻《うめ》く声がして、ミケーレの身体がビクビク震えた。結合部分がじわっと温《ぬる》む。

ミケーレが中で射精したのだとわかって、その事実にすごく興奮した。ネロもミケーレの背中に腕を回し、強く抱きしめる。

「もう少し、君の中でこうしていていい？」

離れがたい気持ちは、ネロも同じだった。ずっと繋がっていたい気分だ。

「うん。でも、手を繋ぎたい」

ネロが口にすると、ミケーレは蕩《とろ》けそうな表情になった。そのまま両手を握ってくれる。

二人はしばらく繋がったまま、余韻を楽しんだ。その後はミケーレが、腰がガクガクするネロの身体を拭いたり、食事を作って食べさせてくれて、夜はまた二人で、恋人の営みを続けた。

ミケーレと結ばれてからほどなくして、ネロは引っ越しをした。

やっぱり郊外だけど、以前ほど街から遠い場所ではなく、馬車で往復一時間弱のところだ。周りにもぽつぽつ家があり、少し歩いた場所によろず屋があるので、日常の買い物にもさほど不便はない。

二階建ての古屋だが、前より立派だ。以前は玄関を開けたらすぐに居室があったが、今は玄関室を挟んで居室と客間、それに階段の踊り場なんかが分かれている。

客間はネロの新しい仕事場になり、ミケーレの助言に従って、新居には収納も増やした。

本当は街中に引っ越した方が便利だし、もっと言えばミケーレの屋敷で一緒に暮らす方がいいのだろう。ネロの古屋にミケーレが引っ越すより、そちらの方が現実的だ。

でも、ネロは郊外の暮らしに慣れている。ミケーレだって、期間限定ならともかく、あばら家で使用人もなく暮らすのは大変なはずだ。

「少しずつ変えていこう。お互いの居心地がいいように」

そう言ったのはミケーレだったが、ネロも同じ考えだった。

「うん。何もかもいっぺんに変えるのは無理だよな。俺にも君にも負担だ」

それでまず、ネロがちょっとだけ街の近くに引っ越すことにした。

徒歩だとやっぱり時間がかかるが、馬車でならそこまで遠くない。ミケーレは複数の恋人に費やしていた時間を、これからはネロ一人のために使ってくれる。

仕事も前より頑張るけど、とも言っていた。ネロが一心不乱に作業をする姿をつぶさに見て、自分も頑張ろうと思ったらしい。

それでもネロと会う時間は、じゅうぶん取れる。時間ができたらネロの家を訪れ、同居していた時のように、掃除だの洗濯だの身の回りの世話を焼いてくれるようになった。

そうなるとネロも、せっかく恋人が綺麗にしてくれたのだからと、ちょっとは家のことに気をつかうようになる。

ミケーレの恋人、という立場を意識して、ほんの少しだけ身なりに気をつかってみたり。とりあえず、風呂は毎日入ってるし、頭も毎日洗う。

ミケーレは逆に、ネロといる時はちょっとだけずぼらになった。ネロの家に連泊の時は、ヒゲを剃《そ》らずにいることもある。そういう時は、貴公子の恋人が何だか別人のように野性的に感じられて、ネロはドキドキした。

「よーし、台所よーし、食堂よーし。あとベッド。綺麗にしとかないと」

ミケーレが恋人になっても、独り言は減らなかった。整理整頓が上手になるわけでもない。過去の忌まわしい失敗を思い出して、たびたび床を転がることもある。

でも、ミケーレが自分から変わってくれたのだから、ネロも少しずつ、成長していきたいなと思う。

ミケーレは相変わらずモテるようだ。でも、恋人ができたと公言して、誘いはすべてきっぱり断っている。

これは、ミケーレの屋敷の執事から聞いた。ミケーレがネロの家に来てくれるように、ネロも時々だが、時間が空いたらミケーレの屋敷へ訪ねていく。

屋敷の執事と使用人たちは、ミケーレとネロが恋人になったことを知っている。

ミケーレは長兄に対しても手紙を出して、ネロのことを報告したそうだ。今度、改めて二人で挨拶に行くことになっている。

そのうち、ネロの家族にも伝え、挨拶に行くつもりでいる。

ネロとずっと添い遂げるということは、ミケーレはずっと独身だということだ。

ネロの家族は、もうあまりネロが結婚することに期待をしていないようだが、ミケーレは貴族の生まれだ。さぞ反対されるのではないかと気を揉《も》んでいたが、そうでもないらしい。

「僕は三男で、おまけにもう兄が家を継いじゃってるもの。次男三男が下手に子孫を増やすより、男の恋人がいる方が家にとっても都合がいいんだよ」

家は長兄が継いだが、両親は隠居して健在で、それどころか祖父母もいる。それぞれに財産だの血縁だのがくっついているので、あまり親戚を増やされると相続が面倒なのだそうだ。

金持ちも大変だな、とネロはそれを聞いて思った。

でもとにかく、二人が恋人でいることに障害はない。

そして今日も、ミケーレが家にやってくる。三日ぶりの逢瀬だ。たったの三日。以前は一、二か月会わないこともあったのに、今は三日でもすごく長く感じる。人は不思議だ。

「よーし、準備よし！」

家のあちこちを点検した。もうミケーレが来ても、「来たのか」なんてツンツンする必要はない。素直に会いたかったと言えば、ミケーレも喜んでくれる。素直になるってなんて自由で素晴らしいのだろう。

遠くから馬車の音が聞こえて、耳がぴくっとした。この辺りは駅馬車が通っていて、一日に何度も馬車が行きかうので、車輪の音を聞くたびに耳がピクピクしてしまう。

けれど今度こそ、ミケーレが到着したようだった。

家の前で馬車が停まり、御者らしき男の声と、聞き慣れた恋人の声が聞こえてきた。

やがて馬車が再び遠ざかる音がしたかと思うと、玄関の呼び鈴がチリンチリンと音を立てた。ネロは急いで玄関に向かう。

今日、ミケーレを迎える時はいつもの「やあ、ミケーレ」じゃなくて、もっと恋人らしい言葉をかけようと心に決めていた。昨日から何度も練習したのだ。

「や、やあ、ミケーレ」

玄関扉を開けたらまばゆい美貌があって、つい、いつもの言葉が出てしまった。俺ってやつは……と怯んだが、勇気を奮い立たせる。

恋人が、ネロを見るなり嬉しそうに微笑むので、ネロも自然と笑顔になった。ミケーレの明るさと優しさは、いつもネロを素直にさせてくれる。

「おかえり、ミケーレ。おっ……俺の太陽」

ミケーレを真似て気障《きざ》ったらしく呼んだのだが、焦って噛んでしまった。でもミケーレは笑ったりしない。ちょっと驚いたように目を見開いた後、すぐに蕩けるような笑顔になった。

ネロを強く抱きしめる。

「ただいま、僕の魔法使い」

砂糖菓子みたいに甘い声が、ネロの耳朶《じだ》をくすぐった。

あとがき

こんにちは、初めまして。小中大豆と申します。

今回はヤリチン美形の貴公子と、こじらせ魔術師、それにモッフモッフにつぶらな瞳の恐ろしく醜いシヴァ犬のお話です。

美女と野獣的なお話なのですが、醜い姿だと絵的につまらないので、シヴァ犬というものを登場させました。

トンデモファンタジーの世界を、榊空也先生にご担当いただきました。まだこれを描いている時点ではイラストを拝見していないのですが、登場人物たちがどのように描かれるのか、わくわくしております。

榊先生、拙著をご担当いただき、ありがとうございました。

毎度ヒヤヒヤさせている担当様にも感謝申し上げます。

そして最後になりましたが、ここまで読んでくださった読者の皆様、ありがとうございました。おかしな二人ですが、少しでも楽しんでいただけたら幸いです。

それではまた、どこかでお会いできますように。

小中大豆

✦初出　魔術師は野獣な貴公子に溺れる……………書き下ろし

小中大豆先生、榊 空也先生へのお便り、本作品に関するご意見、ご感想などは
〒151-0051 東京都渋谷区千駄ヶ谷 4-9-7
幻冬舎コミックス　ルチル文庫「魔術師は野獣な貴公子に溺れる」係まで。

幻冬舎ルチル文庫

魔術師は野獣な貴公子に溺れる

2021年1月20日　　第1刷発行

✦著者	小中大豆　こなか だいず
✦発行人	石原正康
✦発行元	株式会社 幻冬舎コミックス 〒151-0051 東京都渋谷区千駄ヶ谷 4-9-7 電話 03(5411)6431[編集]
✦発売元	株式会社 幻冬舎 〒151-0051 東京都渋谷区千駄ヶ谷 4-9-7 電話 03(5411)6222[営業] 振替 00120-8-767643
✦印刷・製本所	中央精版印刷株式会社

✦検印廃止

ISBN978-4-344-84799-6　C0193　Printed in Japan